KB004292

1년 뒤 오늘을
마지막 날로 정해두었습니다

MOSHI ATO 1NEN DE JINSEI GA OWARUTOSHITARA?

© TAKETOSHI OZAWA 2021

Originally published in Japan in 2021 by, Ascom Inc., TOKYO.

translation rights arranged with, Ascom Inc., TOKYO,

through TOHAN CORPORATION, TOKYO and EntersKorea Co., Ltd.,

1년 뒤 오늘을
마지막 날로 정해두었습니다

어떻게 살아야 할지 막막할 때

오자와 다케토시 지음

김향아 옮김

필름

우선, 여러분께 한 가지 물어보고 싶습니다.
만약 앞으로 시간이 1년밖에 남지 않았다면
무엇을 하시겠습니까?

여행을 떠나고 싶으신가요?

가족과 즐거운 시간을 보내고 싶으신가요?

일을 더 하고 싶으신가요?

취미에 시간을 쏟고 싶으신가요?

맛있는 음식을 먹고 싶으신가요?

갖고 싶었던 물건을 사고 싶으신가요?

대부분 하고 싶은 일이
아직 많이 남았을 것입니다.

인생의 마지막을 설정하면
무엇을 하고 싶은지, 무엇이 중요한지
명확하게 드러납니다.

각 장의 시작과 끝에 똑같은 질문을 드리겠습니다.

처음 질문을 받았을 때와

내용을 읽은 후의 느낌이 분명 다를 겁니다.

마지막 질문 페이지에는
달라진 생각과 함께 자신만의 정답을
적어보는 시간을 가져보시길 바랍니다.

오늘부터 1년 뒤의 날짜를 적어주세요.

_____

만약, 앞으로 나에게 시간이 1년밖에 남지 않았다면?

25년 동안, 삶의 마지막 순간을 담당하는 의료진으로 종사하면서 3,500명이 넘는 환자들을 지켜보며 한 가지 깨달은 사실이 있습니다.

바로 '죽음'을 앞두면 인간은 반드시 자신의 인생을 돌아본다는 것입니다. 그리고 살면서 자랑스러웠던 일, 후회되는 일 등을 조금씩 정리하고, 마지막 순간에는 많은 사람들이 좋은 인생이었다고 수긍하며 평온하게 이 세상을 떠납니다.

매일 바쁜 나날을 보내다 보면 우리는 좀처럼

자신의 인생관을 다시 살펴보거나 무엇이 진정으로 중요한지 알아차릴 수 없습니다.

하지만, 만약.

만약 앞으로 1년 후 인생의 마지막 순간이 다가온다면……. 제가 돌봤던 환자들과 마찬가지로 분명 많은 사람이 자신의 인생에 대해 다시 생각하게 될 것입니다.

인간이 삶의 끝에서 하는 생각

인생의 마지막을 누구나 만족할 수는 없겠지만 제 경험상 많은 환자들이 좋은 삶이었다고, 나름대로 열심히 살았다고 생각하며 마지막을 맞이합니다.

다만 그중에는 인생을 다시 돌아보고 "이랬으면 좋았을 텐데." 또는 "이렇게 살았으면 좋았을 텐데." 하는 후회를 털어놓는 사람도 있겠지요.

현장에서 일하다 보면 한 번 더 가족과 여행을 가고 싶다거나 더 많은 도전을 해야 했다는 말을 자주 듣습니다. 우리는 모두 후회하기도 하고 만족하기도 하며 매일매일을 살고 있습니다. 마지막을 맞이할 때도 마찬가지겠지요.

그러나 아직 건강하고 앞날이 창창하다면 되도록 미련을 남기기 싫다고, 후회하고 싶지 않다고 생각하는 것이야말로 사람 마음 아닐까요.

후회 없는 인생이란, 좋은 인생이란

삶의 마지막 순간을 앞둔 환자들과 시간을 함께 보내면서 저는 후회 없는 인생, 좋은 인생이란 무엇인지를 줄곧 생각했습니다. 한 사람 한 사람 살아온 시대도, 배경도, 소중한 것도 다릅니다. 또 나이가 들어 병으로 죽거나 어린아이를 남겨두고 젊은 나이에 세상을 떠나는 사람도 있습니다.

모든 사람에게 공통적인 '후회 없는 인생의 조건', '좋은 인생의 조건'은 없을지도 모릅니다. 그래도 삶의 마지막 순간에 후회 없는 인생이었음을, 나

름대로 좋은 인생이었음을 받아들이기 위해서는 다
음 네 가지 조건을 들 수 있습니다.

- 스스로를 부정하지 않을 것
- 나이와 상관없이 새로운 도전을 할 것
- 가족이나 소중한 사람에게 온 마음을 다해 애정
  을 표현할 것
- 오늘 하루를 소중하게 보낼 것

어디까지나 저만의 결론이고 생각에 불과하지
만, 아마 많은 사람에게 이 네 가지 조건은 인생을
풍요롭게 만들고 후회 없이 사는 데 진정으로 중요하
지 않을까 생각합니다.

그러나 살다 보면 별별 일이 일어납니다. 병에
걸리거나 큰 실패를 겪기도 하고, 인간관계에서 상처
를 받거나 문득 자기 자신을 부정하고 싶어지기도 하
며, 새로운 도전이 무서울 때도, 주변 사람을 소중하

게 생각하지 않을 때도 있지요. 또, 전 세계를 뒤덮은 신종 코로나바이러스(COVID-19) 감염증의 확산과 이에 따라 발생한 여러 사태로 인해 인생의 기쁨과 삶의 의미를 찾지 못하는 사람이 늘고 있습니다.

2020년에 실시한 인생 만족도 조사를 보면 약 36%, 즉 3명 중 1명 이상이 "지금까지 살아온 인생이나 생활에 만족하지 않는다"라고 대답했습니다(원형 그래프 참조).

더욱이 코로나바이러스 발생 이전과 비교해 생활 만족도가 큰 폭으로 낮아졌고, 특히 생활의 즐거움과 사회와의 유대감과 같은 분야에서 감소 폭이 크다는 조사 결과가 발표되기도 했습니다(막대그래프 참조). 이 표는 "전혀 만족하지 않는다"를 0점, "매우 만족한다"를 10점으로 설정하고 만족도를 수치화한 그래프입니다.

우리의 삶은 때로 나 이외의 요소에 크게 영향을 받으므로 도무지 뜻대로 흘러가는 법이 없습니

1년 뒤 오늘을
마지막 날로
정해두었습니다

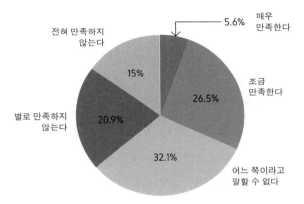

지금까지 살아온 인생에 만족하나요?

매우
만족한다 ... 5.6%

전혀 만족하지
않는다

15%

조금
만족한다
26.5%

별로 만족하지
않는다

20.9%

32.1%

어느 쪽이라고
말할 수 없다

2020년에 실시한 '인생의 만족도에 관한 조사'에서
(20~79세 남녀 2000명을 대상으로 실시)

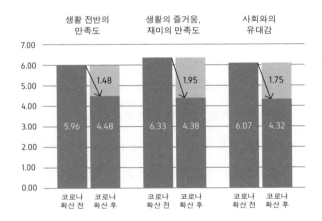

| 생활 전반의 만족도 | 생활의 즐거움, 재미의 만족도 | 사회와의 유대감 |

7.00
6.00   1.48   1.95   1.75
5.00
4.00
3.00 5.96 4.48 6.33 4.38 6.07 4.32
2.00
1.00
0.00
    코로나 코로나 코로나 코로나 코로나 코로나
    확산 전 확산 후 확산 전 확산 후 확산 전 확산 후다. 바로 그런 상황을 어떻게 헤쳐 나갈 것인지 고민하는 일이 한 사람 한 사람의 결단이고 인생이기도 합니다.

나에게 행복이란

'인생의 의미'에 대한 고민의 중요성은 더욱 커져만 갑니다. 신종 코로나바이러스 사태는 물론이거니와 앞으로 저출산, 고령화가 더욱 진행되어 의료인과 병원, 병상의 부족이 심각해질 것입니다. 살아가는 데 어려움을 느끼는 경우도 늘어나겠지요.

그러한 가운데 우리가 더 좋은 인생을 살기 위해서는 설사 어떤 상황이 닥치더라도 내가 무엇 때문에 웃는지, 나를 지탱해 주는 것은 무엇인지처럼 '나에게 정말 소중한 것'을 발견해야 합니다.

인생의 의미를 생각하는 행동은 나에게 진정으로 중요한 것을 발견하는 일이고, 이것이야말로 우리의 인생에 의미를 더해줍니다.

다만 건강하게 살다 보면 우리는 좀처럼 그 중요한 것을 발견하지 못합니다. 인생의 마지막이 다가왔을 때야 비로소 그것이 무엇인지를 알게 되는 경우도 많지요.

그러므로 앞으로의 인생을 조금이라도 후회하지 않고 살기 위해, 더 좋은 삶을 살기 위해. 한번 더 여러분께 말씀드리겠습니다.

만약 여러분께 시간이 1년밖에 남지 않았다면, 여러분은 무엇을 하시겠습니까? 어떻게 사시겠습니까?

차례

Chapter 2

너를 사랑했다고 말할 수 있을까

Chapter 3

진짜 행복이 무엇인지 알 수 있을까

Chapter 4

내가 원하는 대로 살 수 있을까

Chapter 1

만약 내 삶이 1년 후 끝난다면

인생의 마지막을 설정하면 일상이 변합니다.
모든 것이 소중해지죠.
하지만 그중에서 정말 하고 싶은 일은 무엇인가요?

내 인생의 의미는
무엇이라고 생각하나요?

스스로에게 "만약 앞으로 시간이 1년밖에 남지 않았다면?"이라고 물었을 때, 어쩌면 이런 생각을 하는 사람이 있을지도 모르겠습니다.

'지금까지 무언가를 이뤘다고 자신 있게 말할 만한 것이 없어.'

'사회에 도움이 되기는커녕 많은 사람에게 폐만 끼쳤어.'

'내 인생의 의미는 무엇이지?'

하지만 저는 분명히 말할 수 있습니다. 누군가의 어떤 인생이든지 반드시 의미가 있다고, 인간은 그저 이 세상에 존재하는 것만으로도 가치가 있다고 말입니다.

말만 번지르르하다 여길지 모르지만, 이는 지금까지 제가 해 온 일과 저의 인생을 통해 절실히 느긴 바입니다. 삶의 마지막 순간을 함께하는 의료업에 종사하다 보면 다양한 환자들을 만나게 됩니다.

병으로 인한 고통이나 죽음의 불안과 공포에 시달리는 환자, 병이 진행되어 몸이 생각대로 움직이지 않아 이대로는 살 가치가 없다고 말하는 환자, 자신의 인생에는 좋은 일이 하나도 없었고 대단한 일도 못했다며 이런 삶에는 의미가 없다고 말하는 환자.

모두 극심한 괴로움을 떠안고 있었습니다. 그런데 인생의 마지막 순간이 다가오면 많은 환자들이 평온하고 행복한 나날을 보냅니다. 통증을 완화하는 치료를 받으면서 시간을 들여 충분히 자신의 인생을 돌아보고 삶의 의미를 생각하다 보면, '내 인생에도 확실히 행복한 일, 자랑스러운 일, 소중한 일, 경험을 통해 터득한 일이 있었구나.', '나름대로 열심히 살았어.'라는 마음이 들기 때문입니다.

인생의 의미를 찾으려는 노력. 이는 머지않아

이 세상을 떠나려는 사람에게 진정한 행복을 깨닫게 하고 마음의 평안을 주는 데 필요합니다. 그리고 물론 지금 건강한 사람도 인생과 존재의 의미를 아는 일은 매우 중요합니다. 이를 통해 진심으로 '나는 필요한 존재'라고 마음 깊이 생각하며 당당하게 살아갈 수 있기 때문이지요.

다만 인생의 의미를 찾는 일은 쉬운 일이 아닙니다. 그 이유는 우리가 인생의 의미를 "내가 한 일이 누군가에게 혹은 사회에 도움이 되었는가?"와 결부시키기 때문입니다. 물론 내가 한 일이 누군가에게 도움이 된다는 것은 굉장한 일입니다.

그러한 사람은 아마 주변인들로부터 "네가 있어서 참 다행이야." 같은 말을 들으며 다른 사람에게 도움을 주고 있다는 사실을 몸소 실감함으로써, 자신의 인생과 존재에는 의미가 있다고 생각할 테지요.

그러나 타인에게 도움이 되는 것만을 의미 있는

일이라고 여기는 데는 한계가 있습니다. 그러한 논리대로라면 누군가에게 내가 도움이 되지 않는다고 생각하는 순간, 내 인생의 의미와 존재의 의미가 사라지기 때문입니다.

저에게는 스스로가 무력하다는 생각에 힘들었던 시기가 있습니다. 평온하게 삶을 마감하는 환자가 있는가 하면 몇 번이나 죽고 싶다며 마음의 문을 닫은 채 떠난 환자도 있습니다. 또, "저는 죽지 않지요? 죽지 않는다고 말해주세요."라는 환자들의 필사적인 몸부림에 아무 말도 할 수 없던 적도 있지요.

저는 줄곧 누군가에게 힘이 되고 싶다는 생각을 하며 일을 해 왔고, 어쩌면 마음 한편에는 환자의 고통을 없앨 수 있다는 자신감이 자리를 잡고 있었을지도 모릅니다. 하지만 실제로는 오히려 아무런 도움이 되지 않는다는 사실을 깨달을 때가 많았습니다. 사람들에게 도움을 주기 위해 의사가 되었음에도 환자의 병을 치료할 수도, 고통을 줄여줄 수도 없었지요.

자신의 무력함에 괴로워하고 '내가 존재하는 의미는 무엇일까?'를 고민하며 환자에게서 도망치고 싶다는 생각을 한 적도 있었습니다. 그런데 오랫동안 고민하고 괴로워한 끝에, 나 자신도 한낱 연약한 인간에 불과하다는 당연한 사실을 인정하니 점차 깨닫게 되었습니다.

그것은 바로, 실은 나야말로 의지할 사람이 필요했고 가족, 동료, 친구, 먼저 하늘로 가신 아버지, 마지막을 함께한 환자, 그리고 이런 나를 여기에 두신 신의 존재에게서 도움을 받고 있었다는 사실과 설령 무력하더라도 환자 곁에 계속 있어 주는 것이 중요하다는 사실이었습니다.

아무것도 할 수 없는 나이지만 그래도 괜찮다고 다독여 주는 사람과 끈끈하게 마음이 이어져 있다면 환자 곁에 남을 수 있고, 아무것도 할 수 없는 나이기 때문에 오히려 환자 곁에서 그 고통을 함께 나눌 수 있을지도 모른다고, 환자 곁에 머무는 일이야말로 무력한 나의 마음을 지탱해 주는 일이라고 생각하게 되었습니다.

환자들 중에는 거동이 불편해 아무것도 할 수 없으니 삶의 가치도 없고 살아있는 의미도 없다는 경우가 있는데, 저는 그런 환자들의 지지 덕분에 어떻게든 이 일을 계속해 올 수 있던 것입니다.

이 세상을 사는 모든 사람에게 반드시 어떤 사명이 있고, 모두 그저 사는 것만으로 그 사명을 다하고 있습니다.

사명은 타인과 비교해서 가치를 평가하는 것이 아닙니다. 누가 봐도 명확하게 알기 쉬울 수도 있고, 좀처럼 이해하기 어려운 것도 있지만, 누군가의 사명이 어떻든 그 사람밖에 할 수 없는 '무언가'인 것입니다.

거동이 불편해서 일을 하지 못하는 상황이더라도 사람은 존재하는 것만으로 반드시 누군가의 버팀목이 됩니다. 생명은 도움이 되기 때문에 가치가 있는 것이 아닙니다. 사람은 존재만으로 이미 가치를 지니고 있다는 사실을 저는 많은 환자들로부터 배웠습니다.

우리는 사회 안에서 활발하게 일을 하는 와중에는 알기 쉬운 사명, 이해하기 쉬운 가치와 의미에만 주목하기 쉬운데, 많은 이가 인생의 마지막이라는 큰 고비가 다가오면 가치관이 완전히 바뀌어 지금까지 몰랐던 인생의 의미와 자신이 살아온 이유, 자신에게 주어진 사명을 알게 됩니다.

여러분이 '내 인생에는 의미가 없어.', '나에게는 가치가 없어.'라고 생각한다면 한번 "인생이 만약 1년 후 끝난다면?" 하고 가정한 후 과거를 충분히 돌아보세요. 어쩌면 다른 풍경이 보일 수도 있습니다.

혹 지금은 보이지 않더라도 여러분의 인생, 여러분의 존재는 반드시 의미와 가치가 있습니다. 그 점만큼은 부디 잊지 마시기 바랍니다.

1년 뒤 오늘을
마지막 날로
정해두었습니다

"인생의 의미를 찾는 것만으로도 행복해져요."

어떤 인생이라도 반드시 의미는 있습니다.

여러분만의 삶의 의미를 찾음으로써

매일매일을 굳세고 행복하게 살 수 있습니다.

1년 뒤 오늘을
마지막 날로
정해두었습니다

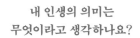

내 인생의 의미는
무엇이라고 생각하나요?

02

꼭 하고 싶은 일이 있나요?

앞으로 1년밖에 남지 않았다고 가정했을 때, 많은 사람이 한정된 시간으로 무엇을 하고 싶은지 생각할 것입니다.

'남은 사람에게 폐를 끼치지 않도록 주변 정리를 말끔히 하고 싶다.'

'이제까지 보지 못했던 사람을 만나고 싶다.'

'가족이나 아끼는 사람과의 시간을 소중히 여기고 싶다.'

'가고 싶었던 곳으로 여행을 떠나고 싶다.'

'내가 살았던 흔적을 남기고 싶다.'

이렇게 마음속에 하고 싶은 일이 여러 가지 떠오를 것입니다. 그러나 한편으로는 하고 싶은 것이 아무것도 없다는 사람도 있습니다. 제가 지금까지 돌본 환자들 중에도 하고 싶은 일이 없다거나 빨리 마지막이 왔으면 좋겠다는 사람이 적지 않았습니다.

이유는 제각각입니다. 하고 싶은 일은 대체로 했기 때문에 미련이 없다는 환자, 원래 어떤 일에도 흥미가 적고 집착이 없다는 환자도 있습니다. 또는, 일과 가족을 위해 하고 싶은 일을 꾹 참는 바람에 무언가를 하고 싶다는 마음 자체가 사라졌다는 환자도 있습니다.

이 사회에서 우리는 종종 무엇을 하고 싶냐는 질문을 받습니다. 어릴 때는 어른들이 꿈이 무엇인지 묻고, 취직할 때는 회사에서 무엇을 하고 싶은지 묻고, 정년을 맞이하면 제2의 인생에서 무엇을 하고 싶은지 묻습니다. 그래서 우리는 어느새 하고 싶은 일이 당연히 있어야 하고, 꿈과 목표를 반드시 가져야만 한다고 착각하게 되었습니다.

물론 하고 싶은 것, 즉 꿈과 목표가 있는 것은 매우 멋진 일입니다. 꿈과 목표가 있으면 삶의 지침이 마련되고 동기 부여가 되지요.

그러나 당연히 하고 싶은 일이 있어야 한다는 가치관은 때로 우리를 힘들게 합니다.

무엇을 하고 싶은지 모를 때, 꿈과 목표가 없을 때는 스스로를 하찮게 여기거나 가치가 없다고 쉽게 생각하기 때문입니다. 설령 지금 여러분에게 하고 싶은 것이 아무것도 없다고 하더라도 부디 초조해하거나 자책하지 마세요. 여러분에게는 여러분의 삶의 방식이 있고 인생의 속도가 있습니다.

꿈과 목표가 있는 사람과 비교할 필요는 없습니다.

인생에 이렇게 살아야 한다는 정답은 없으니까요. 다만, 삶의 지침이 필요하거나 이를 위해서라도 하고 싶은 일을 찾겠다고 진심으로 생각한다면, 앞으로 1년밖에 남지 않았다고 상상하면서 과거를 돌아보는 것도 좋겠습니다. 어린 시절 순수하게 즐겼던 것은 무엇인지, 이런 일을 하며 살고 싶다고 꿈꾼 적은 없는지…….

인생이 앞으로 1년 후에 끝난다고 생각하면 지금까지의 가치관이 무너지고 자신을 옭아매고 있던 고정관념과 속박에서 해방되어 눈에 보이는 풍경이 변합니다. 어쩌면 성장 과정에서 잊거나 포기하거나 참을 수밖에 없던 일 중에 여러분이 진정으로 하고 싶은 것, 소중하게 여기고 싶은 것을 발견할 수 있을지도 모릅니다.

"해보지도 않고 후회하는 것보다
 하고 나서 후회하는 편이 낫습니다."

누구에게나 오늘이라는 날은 인생의
한 길목에 불과합니다. 어떤 미래도 지금부터
만들어 갈 수 있습니다. 하지만 미련이 남은 후회는
인생의 후반으로 가면 갈수록 무거워지는 법이지요.
아주 작은 일부터 많은 시간을 들여야 하는
목표까지 다 이루겠다는 마음으로 뜻을 펼치세요.

1년 뒤 오늘을
마지막 날로
정해두었습니다

꼭 하고 싶은 일이
있나요?

03

지금, 후회하는 일이 있나요?

자신의 인생과 과거에 내린 결정을 돌아보며 '만약 다른 길을 선택했다면 인생이 바뀌지 않았을까?' 하고 상상하거나 그때 내린 결정이 정말 옳은 일인지 고민하기도 합니다. 후회라는 감정은 이토록 복잡한 법입니다.

어떤 선택의 갈림길에 섰을 때 일부러 나쁜 쪽을 고르는 사람은 없습니다. 대부분 항상 더 좋다고 생각하는 쪽을 고를 테지요. 또 후회한다고 해서 현실이 바뀌는 것도 아니고 애초에 머릿속에서 마음대로 '만약 다른 길을 갔으면 어떻게 되었을까?' 하고 상상한 미래와 현실을 비교하는 자체가 어불성설입니다.

그래도 우리는 종종 후회에 사로잡히지요. A와 B라는 선택지에서 A를 골랐을 때는 A의 단점과 B의 장점이 눈에 띄고, B를 골랐을 때는 A의 장점과 B의 단점이 보입니다. 앞으로 1년밖에 남지 않았다고 했을 때 지금까지 살아온 인생을 돌아보고 많은 후회가 한꺼번에 밀려오는 사람도 있겠지요.

실제로 환자들 중에도 죽음을 앞두고, '그때 다른 길을 갔으면 좋았을 텐데.'라거나 '그때 싸움 같은 건 하지 말걸.' 하고 후회하는 사람이 적지 않습니다. 이런 후회라는 감정과 우리는 어떻게 공존해야 할까요.

우선 한 가지 말씀드릴 수 있는 사실은 "후회는 당연하다."라는 것입니다.

아무리 현명한 사람이라도, 판단력이 좋은 사람이라도, 강인한 사람이라도 아무런 후회 없이 살기란 불가능합니다. 또, 어쩔 수 없었다고 억지로 합리화하거나 주변 사람들이 아무리 괜찮다고 다독이더라도 후회는 사라지지 않습니다. 우리는 후회한다는 사실을 인정하고 받아들일 수밖에 없습니다.

다만, 후회를 줄일 수는 있습니다. 그 한 가지

방법은 같은 일로 괴로워하거나 힘들어하는 사람과 마음을 나누는 것입니다. 이것을 "서로의 상처를 핥아 주다."라고 표현하는 사람도 있는데 저는 서로 상처를 보듬는 일이 결코 나쁘다고 생각하지 않습니다.

같은 고민을 하는 사람과 마음을 나누며 나는 혼자가 아니라고, 나와 같은 괴로움을 안은 사람이 또 있다고, 나의 고통을 함께 아파해주는 사람이 있다고 생각하는 것만으로도 괴로움과 슬픔은 현저히 줄어듭니다.

후회의 감정을 인정하고 누군가와 나눌 수 있다면 그 후회에서 무엇을 배울 수 있는지도 생각해야 합니다. 아무리 부정적으로 보이는 일이라도 긍정적인 면, 거기에서 배울 만한 일, 앞으로의 삶의 힌트가 반드시 있습니다. 그것을 찾아내는 것입니다.

혼자서는 어렵다면, 끌어안고 있는 후회의 감정을 믿을 수 있는 누군가에게 털어놓는 방법도 좋습니다. 대화를 통해 새로운 사실을 발견할 수도 있기 때문입니다. 그리고 이를 통해 무언가를 배웠다면, 가능한 한 다른 사람에게도 알려줍니다. 여러분이 후회 속에서 발견한 교훈은 앞으로 누군가에게 도움이 될지도 모릅니다.

물론 무언가를 배웠다고 해서 후회의 감정이 완전히 사라진다고는 할 수 없습니다. 하지만 역시 괴로움과 슬픔은 어느 정도 줄지 않을까요.

또 하나 말씀드리고 싶은 방법은 앞으로의 인생에서 되도록 후회를 줄이려면 어떻게 해야 하느냐는 것입니다. 특히 누군가의 인생이나 생명과 관련된 선택을 해야 할 때, 더욱이 어떤 선택지에도 위험성과 단점이 있는 상황에서 하나만 골라야 할 때 반드시 후회가 따라옵니다.

구체적인 예를 들어보겠습니다. 저는 의사로서 지금까지 수많은 환자의 가족들에게 선택지를 드렸습니다. 이를테면 환자가 고령이고 스스로 판단하기 어려운 상황일 때 가족에게 환자를 대신하여 치료 방법과 요양 장소를 선택해 달라고 부탁할 때가 있습니다.

이는 매우 어려운 선택입니다. 환자가 폐렴을 앓고 있다면 병원에 입원해서 치료하여 나을 수 있을지도 모릅니다. 하지만 링거주사의 관을 빼버릴 위험성이 있어서 손발의 자유를 제한해야 할 수도 있지요.

반대로 자택에서 요양한다면 병원에서처럼 손발의 자유를 뺏을 일은 없습니다. 하지만 폐렴 증상이 나빠져 숨을 거둘지도 모르지요. 이처럼 어느 쪽을 골라도 반드시 부정적인 요소가 있어서 결정을 내린 가족에게는 오랜 시간이 지나도 후회가 남기 마련입니다.

그러므로 저는 환자의 가족들에게 중대한 결단을 부탁할 때는 다음 세 가지 사항을 전달합니다.

① 혼자서 결정하지 말 것

② 한 번에 결정하지 말 것

③ 전문가의 말에 의존하지 말 것

또, 과거를 회상하여 환자가 무엇을 소중하게 생각하는지, 무엇을 자랑스럽게 생각하며 살아왔는지를 가족끼리 떠올려 보면, 환자 본인이 무엇을 원하는지를 알 수 있을 것이라고도 말합니다.

누구 한 명이 책임을 지고 정하면 어떤 길을 선택하더라도 그 사람은 반드시 후회하게 됩니다. 하지만 누군가와 상담하고 함께 고민하며 결정을 내리면 마음을 나눌 수 있습니다.

그리고 '무슨 일이 있어도 생명 유지가 중요하다고 입버릇처럼 말했었지.', '가족과 함께 있을 때가 가장 행복해 보였어.'와 같이 환자가 어떤 신념과 감정을 지녔는지를 충분히 고려하며 환자와 직접 이야기를 나누는 듯한 마음으로 생각하면, 무엇을 선택해야 할지가 자연스레 떠오릅니다.

의사가 제시하는 선택지와 여러 장단점을 정확하게 파악한 후에 환자 본인의 의사를 짐작하고, 가족으로서 그 사람에게 무엇을 해 주고 싶은지를 이야기하는 것. 힘든 선택을 해야 하는 순간에도 이런 판단을 내릴 수 있다면 혼자서 끌어안고 결정했을 때보다 후회는 줄어들겠지요.

물론 이는 살다 보면 마주하게 되는 다른 수많은 고민과 선택에도 해당합니다. 고민이 있거나 판단이 어려울 때는 가능한 한 혼자서 떠안지 말고, 마음을 터놓을 수 있는 사람과 의논하고 이야기를 나누며 결정합니다.

만약 지금 주변에 상의할 수 있는 사람이 없다면 이미 세상을 떠난 사람과 의논하는 방법도 있습니다. 실제로 저는 힘든 일이 있을 때 종종 20년도 더 전에 신장암으로 돌아가신 아버지와 의논합니다.

'만약 아버지라면 이럴 때 어떻게 했을까?', '만약 아버지가 살아계셨더라면 내 고민에 어떤 답을 주셨을까?' 하고 말입니다. 이렇게 하면 나는 혼자가 아니라고 느낄 수 있고 마음의 부담은 가벼워지며 생각지도 못한 답을 얻을 수도 있습니다.

살아있는 사람이건, 세상을 떠난 사람이건 혹은 신이나 자연이라도 상관없습니다. 여러분도 힘들 때 마음을 나눌 상대를 꼭 찾아보세요.

1년 뒤 오늘을
마지막 날로
정해두었습니다

"고민과 괴로움은 혼자 떠안지 말아요."

고민이 있거나 어려운 판단을 해야 할 때,
혼자서 떠안지 말고 반드시 다른 사람과
이야기를 나누어 봅시다. 살아있는 사람이라도
세상을 떠난 사람이라도, 또는 신이나 자연이라도
괜찮습니다. 그러면 혼자가 아님을
느낄 수 있고 후회는 줄어들 것입니다.

1년 뒤 오늘을
마지막 날로
정해두었습니다

지금, 후회하는 일이
있나요?

04

남은 시간 동안 무엇을
소중히 여기고 싶은가요?

우리는 매일 다양한 고민을 하며 삽니다. 무엇을 먹을지, 목적지까지 전철로 갈지 버스를 이용할지와 같은 일상 속 작은 일부터 진로와 결혼, 집 장만과 같은 일까지 인생은 선택과 고민의 반복이라고 할 수 있지요.

그리고 때로는 내가 어떻게 살아야 할지 막막한 기분이 들 때도 있습니다. 가치관, 업무, 인간관계 등에 대해서 문득 이대로 괜찮을지 의문이 들지만, 얽히고설킨 이해관계 때문에 좀처럼 변화를 주지도 못하고, 새로운 길에 한 발 내디딜 용기를 내지 못하기도 합니다. 살다 보면 많은 사람이 그러한 경험을 합니다.

어떻게 살아야 할지 막막할 때, 어떤 기준으로 결정을 내릴 것인가?

그 방법은 사람마다 다르겠지요. 직감으로 정

하는 사람도 있고 철저하게 이치를 따지는 사람도 있을 테지요. 스스로 정하지 못해 흘러가는 대로 몸을 맡기는 사람도 있고, 10년 후 어떤 사람이 되고 싶은지 상상하여 그에 따라 결정하는 사람도 있습니다.

어떻게 살아야 할지 모를 때야말로 "만약 앞으로 1년 후 삶이 끝난다면 어떻게 마지막을 맞고 싶은가?"를 떠올릴 수 있습니다.

"어떻게 살 것인가?"에만 집중하면 아무래도 지나치게 많은 것을 떠올리고 맙니다.

더 많은 돈과 더 높은 지위, 명예를 손에 넣는 데만 급급하거나 남의 눈을 필요 이상으로 신경 쓰기도 하지요.

물론 그런 것을 고려하는 일도 살아가는 데 중요할지 모릅니다. 하지만 눈에 보이는 것만을 좇거나 갖가지 속박에 얽매여, 애초에 결정할 때 소홀히 할 수 없는 중요한 사항을 놓칠 우려가 있습니다.

하지만 앞으로 1년밖에 남지 않았을 때 어떻게 마지막을 맞고 싶은지를 생각하면, 지금 나에게 진정으로 필요한 것과 진정으로 원하는 것만이 분명하게 떠오릅니다.

자주 듣는 진부한 표현이지만, 저세상에는 돈도 지위도 명예도 가지고 갈 수 없습니다. 머지않아 생을 마감하려는 순간에 남의 눈치를 볼 필요도 없지요.

그러한 상황에서 나에게 행복과 편안함을 주는 것은 대체 무엇일까? 인생을 돌아보며 나는 어떤 감정을 느끼고 싶은가? 혼자서 이 세상을 떠나고 싶은가, 가족에게 둘러싸여 떠나고 싶은가? 집에서 마지막을 맞고 싶은가, 병원에서 생을 마감하고 싶은가?

가족에게 둘러싸여 집에서 세상을 떠나고 싶다는 사람과 병원에서 혼자 삶을 마감해도 괜찮다는 사람과는 삶의 중요한 요소가 다를 수밖에 없지요.

이 세상을 떠나기 전에 하고 싶은 일을 해서 만족한다고, 파란만장하고 재미있는 삶이었다고 생각하고 싶은지, 착실하게 살았다며 자랑스러워하고 싶은지에 따라 삶의 방식은 다를 테고, 주변 사람의 사랑 속에서 눈을 감고 싶다면 평소에 자기 자신도 주변 사람을 소중하게 여기며 살려고 할 것입니다.

이렇게 앞으로 1년 후 인생이 끝난다고 가정하고 어떻게 마지막을 맞이할지를 진지하게 고민하면 어떻게 살고 싶은지, 어떻게 살아야 할지가 분명 보일 것입니다.

삶 속에서 갈피를 잡지 못할 때, 꼭 시도해 보세요.

1년 뒤 오늘을
마지막 날로
정해두었습니다

"인생의 마지막을 생각하면

어떻게 살아야 할지 방법이 보입니다."

어떻게 살고 싶은지를 모를 때는
어떻게 마지막을 맞고 싶은지를 생각해 봅시다.
인생의 마지막 순간이 다가오면 불필요한 일이
줄어들고 나에게 진정으로 필요한 것,
내가 정말로 원하는 것이 분명하게 떠오릅니다.

1년 뒤 오늘을
마지막 날로
정해두었습니다

남은 시간 동안 무엇을
소중히 여기고 싶은가요?

인생의 마지막은 어떻게 다가오는가

마지막 순간은 어떻게 다가올까요. 그 순간에 대해 말씀드리고자 합니다.

사람의 마지막 순간이란 꽃이 천천히 시들어 결국에는 흙으로 돌아가는 것처럼 아주 조용한 것입니다.

평온한 죽음의 순간은 대체로 다음과 같은 형태로 다가옵니다. 우선 걸을 수 있는 거리가 점점 짧아지고 이불 위에서 보내는 시간이 길어집니다. 다음으로 식사량이 줄고 낮에도 자는 시간이 길어집니다. 그리고 죽음이 코앞까지 다가오면 호흡이 얕아지고 횟수도 줄어들며 의식이 없는 상태가 오래 이어진 후, 고요히 숨을 거두게 됩니다.

1년 뒤 오늘을
마지막 날로
정해두었습니다

드라마나 영화 등에서는 종종 죽음을 앞둔 사람이 죽기 직전까지 의식을 유지하고 말을 하는데, 그러한 경우는 거의 없습니다.

예전에 어느 말기 암 환자를 간호할 때 이런 일이 있었습니다. 그 환자는 한 달 전까지는 가족과 똑같은 양의 식사를 하고 자동차를 운전하여 회사에 갔다고 합니다.

그러나 제가 처음으로 자택에 방문했을 때 환자는 걷지도 못하고 식사도 거의 수분 보충 정도만 하고 있었습니다.

이러한 몸 상태를 보고 저는 남은 시간이 얼마 없

다고 판단하여, 가족에게 빠르면 2주 안에 숨을 거두실 것 같고 조금 더 시간이 지나면 대화도 할 수 없을 테니 전하고 싶은 말이 있다면 지금 해 두라고 말했습니다. 그리고 환자는 8일이 지나, 잠이 든 듯 조용하게 눈을 감았습니다.

사람마다 개성이 다르듯 생을 마감하는 방법도 각각 다릅니다. 모두가 평온한 죽음을 맞이할 수도 없고 안타깝게도 뜻밖의 죽음을 맞는 사람도 있습니다. 그러나 대부분은 육체가 죽음을 위해 충분히 준비를 해 줍니다. 잠이 든 듯 아기의 상태로 돌아가는 것이지요.

정말로 인간의 죽음이란 고요하고 평온합니다. 마

1년 뒤 오늘을
마지막 날로
정해두었습니다

지막을 맞이한 사람에게 그동안 정말 수고하셨다고, 마음 깊이 생각합니다.

긴 인생이든 짧은 인생이든 죽음은 하나의 매듭입니다. 누구나 다양한 사람과 관계를 맺고 열심히 살아왔습니다. 좋은 인생이었는지는 제삼자가 판단할 수 없는 일입니다.

그 사람의 인생은 본인만의 것이라고 언제나 진심으로 생각합니다.

Chapter 2

너를 사랑했다고 말할 수 있을까

가족, 친구, 은사님…….
꼭 만나고 싶은 사람은 누구인가요?
남은 시간은 그다지 많지 않을지도 모릅니다.

05

혼자서만 노력하고 있지 않나요?

부모로서, 자식으로서, 사회인으로서……. 우리는 모두 어떠한 책임감을 안고 살아갑니다. 그리고 소중한 무언가가 있을수록 무거운 책임감을 느낍니다.

'내가 아이를 제대로 키워야 해.'

'내가 가족을 지켜야 해.'

'내가 이 일을 이뤄야 해.'

이 사회에서는 강한 책임감과 남에게 피해를 주지 않는 행동을 미덕으로 여깁니다. 그래서 책임감이 강하다고 평가받으면 기뻐하거나 자랑스러워하는 사람도 적지 않습니다.

물론 주어진 책임을 제대로 완수하는 것은 훌륭한 일입니다. 그러나 책임을 완수해야 한다거나 남에게 폐를 끼치면 안 된다는 마음이 지나치게 강한 사람은 스스로에게 필요 이상으로 엄격해지는 경향이 있습니다.

무엇이든지 혼자 다 해야 한다고 생각한 결과, 몸과 마음에 큰 부담을 주거나 남에게 의지하고 맡기기보다 스스로 하는 쪽이 편해서 시간적으로도 체력적으로도 또는 정신적으로도 더는 해내지 못할 정도의 일을 떠안게 되기도 합니다.

혹시 평소에 도무지 다른 사람에게 일을 맡기지 못하고 혼자서만 열심히 에너지를 소모하다 결국에는 완수하지 못해 자책하는 사람도 있지 않나요? 또, 살다 보면 이런저런 사정 때문에 아무리 노력해도 책임을 다하지 못하는 일, 남에게 피해를 주는 일이 반드시 있기 마련입니다. 예를 들어 다치거나 아파서 거동이 불편할 때나 인생의 마지막 순간이 다가왔을 때는 스스로 할 수 있는 일이 아무래도 제한되는데, 책임감이 강한 사람은 이때 큰 충격을 받기 쉽습니다.

자신보다 주변 사람들이 걱정되어 견딜 수 없

기도 하고 '내가 없으면 가정과 회사는 누가 책임지나?' 하는 불안에 사로잡힙니다. 혹은 몸이 뜻대로 움직이지 않아 주변 사람과 사회에 도움이 되지 못한다며 자신은 가치가 없다고 생각하기도 합니다.

호스피스 현장에 있으면 다른 사람에게 일을 넘기지 못해 괴로워하는 환자와 가족들을 종종 만납니다. 거동이 불편해도 남에게 피해를 주고 싶지 않다거나 부끄러운 일을 겪고 싶지 않다는 마음에 기어서라도 스스로 화장실에 가서 볼일을 보는 환자도 있고, 내 부모이니까 내가 보살펴야 한다며 시설에 맡기면 사람들로부터 비난을 받을 것이라는 우려에 혼자서 간호하는 가족도 있습니다.

마무리하지 못한 일, 아무리 해도 할 수 없는 일, 힘에 겨운 일을 타인이나 자연, 운명 등에 맡기는 것. 이는 책임감이 강한 사람, 남에게 피해를 줄 수 없다는 마음이 강한 사람에게는 큰 각오가 필요한 일입니다.

예전에 곁에서 마지막을 함께한 한 여성 환자 역시 책임감이 강한 사람이었습니다. 건강했을 때는 전업주부로 어린 두 아이를 키우며 사회 교육 관련 단체의 임원 자리도 적극적으로 맡은 환자가, 유방암에 걸려 앞으로 육 개월이 남았다고 선고받은 것은 사십 대 중반의 일이었습니다.

처음 만났을 때, 환자는 항상 자책하며 괴로워했습니다. 환자는 방문할 때마다 암으로 인한 고통과 괴로움을 호소하는 것이 아니라 아무것도 할 수 없어 주변 사람들에게 미안하다고, 아이들의 성장을 지켜보지 못하는 자신이 한심하고 또 한심하다고 말했습니다. 저는 강한 책임감과 아이들에 대한 애착에서 비롯된 어머니의 말을 그저 듣고만 있었습니다.

그러나 그 후 세 달 정도 지났을 무렵, 환자의 심경에 변화가 일었습니다. 세상을 떠날 날이 다가오고 있다는 사실을 조금씩 받아들이기 시작한 듯했습니다. 이 세상에서 아이들의 성장을 지켜보는

1년 뒤 오늘을
마지막 날로
정해두었습니다

일은 남편에게 맡기기로 했다며 본인은 저세상에서 가족을 지켜보겠다고 말했지요. 그와 동시에 예전에는 근심으로 가득 찼던 환자의 얼굴에 평온한 미소가 보이기 시작했습니다.

> 괴로움은 혼자서 감당해야 한다고 생각했다
> 내 눈에 비친 풍경은 흑백이었다
> 그러던 어느 날 아주 작은 '용기라는 한 걸음'을
> 내디디니
> 따뜻한 손을 내미는 사람들이 이렇게나 많이 있
> 음을 알았다
> 그 순간, 내 눈에 비친 풍경에 물이 들었다

이 글은 3년 정도 전에 제가 돌본 Nana라는 여성 환자가 써 준 〈병이 준 용기, 컬러〉라는 시의 일부입니다. Nana 씨는 말기 암으로, 저희와 만났을 때는 물만 마셔도 바로 구토를 하는 상태였습니다.

몇 가지 대처를 통해 식사할 수 있을 정도는 되었지만, 환자의 마음은 무겁기만 해서 빨리 세상을 떠나고 싶다거나 이 세상에 아무것도 남길 것이 없다고 말할 때도 있었습니다.

저는 그런 Nana 씨에게 "같은 병마와 싸우고 있는 누군가를 위해 병에 걸린 후 깨달은 사실 가운데 남길 만한 어떤 메시지가 없을까요? Nana 씨의 체험은 분명 다른 누군가에게 도움이 될 것입니다."라고 제안했고, 이 제안을 받아들여 Nana 씨가 써준 메시지가 앞서 소개한 시입니다.

따뜻한 손을 내밀어주는 사람들이 있음을, 아무것도 할 수 없는 자신의 존재를 인정해주는 사람들이 있음을 깨닫고 여러 가지 마음의 무거운 짐을 내려놓을 수 있었을 테지요. 그 후 얼마 동안, Nana 씨는 정말로 평온한 시간을 보냈습니다.

지금까지 혼자서 모든 것을 해야 한다고 생각해

1년 뒤 오늘을
마지막 날로
정해두었습니다

온 사람에게 갑자기 다른 사람에게 맡기라고 한다고 그렇게 쉽게 변할 수는 없습니다. 기본적으로는 한계에 부딪힐 때까지 노력한 끝에 더 이상 혼자서 떠안고 있기에는 힘이 든다고 진심으로 생각했을 때, 우리는 비로소 다른 사람과 짐을 나눌 수 있습니다.

다만 평소에 '내가 없으면 어떡하지?', '내가 해야 하는데……' 하는 생각에 힘들어하는 사람은 한번 만약 앞으로 1년밖에 남지 않았다고 생각해 보세요.

처음에는 역시 남겨진 가족은 괜찮을지 걱정되고, 동료에게 피해를 주지 않도록 마지막까지 열심히 일해야 한다는 생각에 주변만 신경 쓰게 됩니다.

그러나 심사숙고하며 정리해 가다 보면 평소 스스로 해야 한다고 생각한 일 중에 사실은 다른 사람에게 맡길 수 있는 일이 많이 있음을 알게 될 것입니다.

"남은 후회는 다른 사람과 나눔으로써
 사라집니다."

1년 뒤 오늘을
마지막 날로
정해두었습니다

우리는 해야 할 일을 해내지 못하는
자신을 책망하기 쉽습니다.
스스로 해야 한다는 생각에 괴롭다면
앞으로 1년밖에 남지 않았다고 생각해 보세요.
그 일이 정말로 해야만 하는 일인지를
알 수 있습니다.

혼자서만
노력하고 있지 않나요?

1년 뒤 오늘을
마지막 날로
정해두었습니다

06

나다움을 발견하였나요?

혹시 이런 생각을 하고 있지는 않나요?

'지금까지 남의 시선만 의식했다.'
'배려하고 참기만 했다.'
'만약 앞으로 1년밖에 남지 않았다면 더 나답게 살고 싶다.'

이 마음, 충분히 이해합니다. 제가 돌본 환자들 중에도 죽음을 앞두고 부모님과 남편, 시어머니를 배려하느라 좀처럼 나답게 살지 못했다는 사람, 좋은 사람처럼 보이려고 이제껏 연기했다며 후회하는 사람이 몇 명 있습니다. 그러한 환자와 만나면 어릴 적 이야기를 정중하게 묻고 싶어집니다.

남의 시선을 의식하거나 배려하고 참기만 한 사람에게는 대체로 "자기주장을 내세우면 부모님과 선생님에게 혼이 났다.", "항상 남들과 똑같이 행동하고 착한 아이이기를 강요받았다."처럼, 그렇게 할 수밖에 없던 어떤 이유가 있기 때문입니다. 이러한 근본적인 부분과 마주하지 않고 행동과 생각만을 바꾸려고 하면 좀처럼 나아지지 않지요.

그렇다면 애초에 '나다움'이란 무엇일까요. 우리는 종종 "나답다.", "나답게 산다."라는 말을 합니다. 그러나 진정한 나다움이란 무엇인지 명확히 표현할 수 있는 사람은 별로 없을 것입니다. 우선 인간은 혼자서는 살 수 없습니다. 관계를 맺으며 환경 안에서 살아가야 하므로 인간의 존재는 타인에 의해 만들어집니다.

그러므로 누구나 그때그때 관계를 맺는 상대에 따라 보여 주는 얼굴이 달라지는 법이지요. 가족 앞에서와 타인 앞에서 보이는 얼굴, 회사 상사 앞에서와 허물없는 친구 앞에서의 얼굴이 달라지는 사람도 있을 것입니다.

그래서 우리는 가족과 친구와 함께 있을 때 보

여 주는 자신의 모습이야말로 더 나답다고 생각하기 쉽습니다. 하지만 가족과 친구 앞에서 보여 주는 편한 모습도, 타인과 상사 앞에서 나타나는 긴장하고 겉만 잘 꾸민 모습도 모두 나 자신이며 나다운 모습이라고 생각합니다.

또 기분이 좋거나 나쁠 때, 자신 있는 일을 할 때나 미숙한 일을 할 때 성격이 변하는 사람도 있습니다. 그래서 우리는 기분이 좋을 때, 자신 있는 일을 할 때의 나야말로 더 나답다고 생각하기 쉬우나, 이 역시 모두 나의 모습이며 나다운 것입니다.

나답게 산다는 것과 항상 편안하고 기분이 좋은 상태, 자기주장을 펼치는 모습, 내 뜻대로 살 때의 모습과 반드시 같다고 할 수 없습니다.

긴장해서 편안하지 못할 때도, 기분이 나빠서 힘들 때도, 배려와 인내하는 순간도 우리는 사실 나답게 살고 있는 것입니다.

1년 뒤 오늘을
마지막 날로
정해두었습니다

어쩌면 "나답게 살고 싶다."는 말은 단순히 지금까지 보여 준 자신의 모습이 싫거나 지금까지 살아온 삶의 방식을 부정하고 싶은 마음에서 비롯된 것일지도 모릅니다.

지금까지의 나는, 내가 꿈꾸던 모습과는 다르다는 생각. 이 생각이 나답게 살지 못했으니 앞으로는 나답게 살고 싶다는 말이 되어 나타난 것입니다. 마음은 충분히 이해하지만, 그 마음을 잠시 제쳐두고 보면 열심히 살아온 지금까지의 자신이 조금 가여운 마음도 듭니다.

또, 책임감이 강한 사람이 남에게 일을 맡기는 것이 어려운 일이듯, 남의 시선을 의식하는 사람, 무심코 배려하거나 참기만 하는 사람, 좋은 사람이어야 한다고 생각하며 살아온 사람에게 남의 시선을 의식하지 않는다거나, 배려심과 인내심이 없다거나, 더 이상 좋은 사람이 아니라는 것은 반대로 큰 괴로움이 될 수 있습니다.

그러므로 억지로 바꾸려 하기보다 어느 정도 범위 안에서라면 남의 시선을 의식하는 나도, 배려하고 참기만 하는 나도, 좋은 사람을 연기하는 나도 모두 나답다고 여기고 받아들이는 건 어떨까요.

다만, 모든 일에는 균형이 중요합니다. 지나치게 남의 눈을 의식한 나머지 정신적으로 피곤해지고, 배려하고 참기만 해서 자신이 하고 싶은 일을 완전히 억누르게 되는 상태는 절대 건강하지 않습니다.

만약 여러분이 그러한 상태에 빠져 있고 조금만 더 편하게 살고 싶다고 생각한다면, 갑자기 삶의 방식을 바꾸는 것이 아니라 일상 속에서 소소하게 선택하는 방법을 바꾸어 조금씩 나를 위한 시간을 늘려가는 것도 좋습니다.

우리는 매일 아침으로 무엇을 먹을지 어떤 전철을 탈지처럼 작은 일부터, 어디에 취직하고 싶은지 누구와 결혼할지와 같은 큰 문제까지 다양한 선택을 반복하며 살고 있습니다.

그 선택의 집합체가 나다움이고, 자신의 인생이라고 할 수 있습니다.

먼저, 혼자 식사할 때 무엇을 먹을지, 혼자만의 시간에 무엇을 할지, 어떤 책을 읽을지 등 다른 사람이 끼어들지 않는 일에 대해 되도록 '지금 내가 무엇을 하고 싶은지'에 집중해서 선택해 봅시다.

지금 내가 무엇을 하고 싶은지를 의식하여 행동을 선택하는 것. 이 방법을 반복하다 보면 무엇을 원하는지가 명확해지며 나의 욕구를 충분히 채우게 되고 나를 위한 시간을 늘리는 일이 즐거워집니다.

한번 자신을 해방하는 기쁨을 알고 의식이 변하면, 아마 가족과 친구, 직장 동료에게도 자신의 의사를 잘 전달할 수 있을 것입니다.

"지나친 배려도, 지나친 인내도 버립시다."

1년 뒤 오늘을
마지막 날로
정해두었습니다

"나답다."라는 것은 결코 좋은 모습,
원하는 모습만을 말하지 않습니다.
싫은 모습까지 포함한 모든 면이 나다움입니다.
다만 지나친 배려와 인내로 힘들다면
자신을 위한 시간을 조금씩 늘려 봅시다.

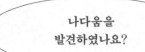

**나다움을
발견하였나요?**

1년 뒤 오늘을
마지막 날로
정해두었습니다

07

소중한 사람과 시간을
충분히 보내고 있나요?

인생의 마지막 순간을 함께하면서 이런 말을 자주 듣습니다.

"가족과 좀 더 많은 시간을 보낼 걸 그랬어요."
"건강할 때는 아무튼 재미있어서 일을 열심히 했지만, 너무 바빠 가족을 돌보지 못했어요."
"휴일에도 출장과 비즈니스 골프 같은 약속이 많아 가족과 시간을 별로 못 가졌어요."

특히 고도성장기 때에 왕성하게 활동했던 환자들은 종종 이러한 이야기를 했지요. 가족을 위해 열심히 일하고 나라 경제의 발전을 지탱해 온 삶도 하나의 훌륭한 인생이라고 생각합니다.

다만 제일선에서 물러나 나이를 먹고 몸이 생각대로 움직이지 않게 되고 인생의 마지막 순간이 다가오면 어떨까요? 그때까지의 가치관이 무너지고, 자신이 해 온 일에 문득 허무함을 느끼거나, 자신에게 진정으로 중요한 것이 보이기도 합니다.

그리고 돈과 지위와 명예는 저세상에 가져갈 수 없다는 사실, 병에 걸리거나 일을 하지 못할 때 마지막까지 곁에서 지지해주는 것이 가족이었다며 가족이 있어서 비로소 열심히 살 수 있었다는 사실을 깨닫고 후회하는 사람이 적지 않습니다.

여러분 중에도 만약 앞으로 1년밖에 남지 않았다면 어떻게 살고 싶냐는 물음에 지금부터는 가족과 배우자와 시간을 많이 보내겠다거나, 소중한 친구들과 즐거운 시간을 갖겠다는 사람도 있을 겁니다. 만약 가족과 친구와의 시간을 소중히 여기고 싶다면 꼭 오늘부터, 그 마음을 분명히 떠올리면서 생활해보세요.

생각이 변하면 행동이 변하고 시간의 사용법도 달라질 것입니다.

예를 들어 부모님과 떨어져 사는데 평소에는 바빠서 좀처럼 집에 갈 수 없기 때문에 1년에 한 번 설날 귀성 때만 찾아뵙는다는 사람도 많겠지요. 하지만 만약 앞으로 1년 후에 삶의 마지막 순간이 다가온다면 부모님과 만나서 이야기할 수 있는 시간은 단 한 번, 불과 몇 시간밖에 없습니다.

어떠신가요? 더 많은 시간을 함께 보내고 싶지 않나요? 앞서 말씀드렸듯이 인생에는 후회가 남기 마련입니다. 삶의 시간은 한정되어 있고 우리는 모든 것을 손에 넣을 수 없습니다.

몇 가지 선택지 안에서 항상 무언가를 결정해야 하고, 아무리 고민을 거듭하여 더 좋은 쪽을 선택한다고 해도 '그때 다른 길을 갔다면 어땠을까?'하는 마음은 남는 법이지요.

삶의 마지막을 생각할 때 혹은 마음이 힘들 때 소중한 존재로 떠오르는 것이야말로 나의 버팀목이 되어 줄 것입니다.

지금 자신에게 무엇이 진정으로 중요한지 깨달을 수 있다면 이는 엄청난 행운입니다.

"앞으로 몇 번이나 소중한 사람을

만날 수 있을까요?"

1년 뒤 오늘을
마지막 날로
정해두었습니다

언젠가 소중한 사람과도 이별의 순간이 옵니다.

하지만 살아있는 동안에 시간을 함께 보내면,

가령 먼저 떠나보낸다고 해도 마음이 이어졌음을

깨닫고 평안할 수 있습니다.

무엇과도 바꿀 수 없는 유대감에

감사하며 살고자 합니다.

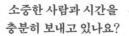

소중한 사람과 시간을
충분히 보내고 있나요?

1년 뒤 오늘을
마지막 날로
정해두었습니다

08

외롭고 쓸쓸한가요?

고독을 느끼는 순간은 불시에 찾아옵니다. 일을 마치고 피곤한 몸을 이끌어 혼자 사는 집으로 돌아와 아무도 없는 방의 불을 켤 때, 친한 친구와 재미있는 시간을 보낸 후에, 설령 아무리 많은 사람에게 둘러싸여 있어도 내 마음은 아무도 모른다며 외로움을 느낄 때도 있겠지요.

평소에는 나름대로 혼자 즐겁게 생활하다가 인생의 마지막을 상상했을 때 문득 가족도 배우자도 없이 혼자서 이 세상을 떠나는 것은 아닌지 쓸쓸함을 느낄 수도 있지요. 사랑하는 가족이 지켜보는 가운데 눈을 감을 수 있다면 좋겠지만, 호스피스 현장에서 일하다 보면 혼자서 인생의 마지막을 맞이하는 환자도 많습니다.

특히 최근 독신으로 생을 마감하는 사람이 점점 늘고 있습니다. 통계조사에 따르면 50세 때의 미혼 비율을 가리키는 생애 미혼율이 1990년에 남성 5.6%, 여성 4.3%였던 것이 2000년에는 남성

12.6%, 여성 5.8%로, 2010년에는 남성 20.1%, 여성 10.6%, 2015년에는 남성 23.4%, 여성 14.1%로 나타났습니다.

물론 저는 모두가 가족이나 배우자가 있어야 한다고 말하는 것이 아닙니다. 삶의 방식, 사고방식은 사람마다 각각 다르지요. 혼자서 편안하게 살고 싶다는 사람도 있고, 결혼해서 가정을 꾸리고 싶었지만 인연이 닿지 않았다는 사람도 있을 것입니다.

그리고 설령 가족과 배우자가 있어도 서로 이해하지 못하거나 상대방보다 먼저 떠난다면 오히려 고독을 느끼기도 합니다. 독신이어도, 가족이나 배우자가 있어도 인생의 어디쯤에서 고독을 느낄 가능성은 누구에게나 있는 법이지요.

인간에게 버팀목이란 가족과 배우자만을 말하지 않습니다.

가족은 없지만 마음을 터놓을 수 있는 친구가 있어서 외롭지 않다는 사람도 있을 것입니다. 다만 역시 모든 사람이 반드시 각별한 친구를 만난다는 보장도 없고, 인생의 마지막 순간에 마음을 터놓을 수 있는 친구와 함께 보낸다고도 할 수 없습니다.

2020년, 신종 코로나바이러스가 맹위를 떨치면서 전 세계 사람들이 어쩔 수 없이 집에서 머물러야 했습니다. 같이 사는 가족 외에 다른 사람과 쉽게 만나거나 이야기를 나누지 못해 외롭다는 사람도 많을 것입니다. 또, 신종 코로나바이러스의 감염 확산 방지를 위해 가족조차도 입원한 환자와 면회할 수 없게 되어 혼자서 세상을 떠난 사람도 많습니다.

앞으로도 코로나 사태와 같은 일이 일어날 가능성이 전혀 없는 것은 아닙니다. "고독과 어떻게 마주할 것인가?"하는 문제는 모든 사람에게 피할 수 없는 매우 중요한 문제입니다.

1년 뒤 오늘을
마지막 날로
정해두었습니다

그럼 지금 만약 여러분이 어떤 이유로 고독하다면 어떻게 해야 할까요. 한 가지 방법은 마음가짐을 바꾸는 것입니다. 독일 철학자 쇼펜하우어는 "고독은 뛰어난 정신을 지닌 사람의 운명이다.", "인간은 고독으로 인해 그 자신이 될 수 있다."라고 말했는데, 예를 들면 "혼자이기 때문에 비로소 자유로워진다.", "혼자이기 때문에 비로소 나답게 살 수 있다."와 같은 뜻으로 혼자 있는 것, 고독한 것을 긍정적으로 다루고 있습니다.

　　고독을 즐길 수 있다면 앞으로의 인생에 설령 힘든 이별이 있다고 해도 분명 극복할 수 있을 것입니다. 다만 이런 발상의 전환은 성격과 가치관에 크게 좌우됩니다. 사람마다 성격과 가치관이 다르고 인생에는 다양한 일이 생기는 법입니다.

　　아무리 해도 고독을 즐기지 못하거나 마음을 터놓을 상대가 없다는 사람도 있고, 가족이나 배우자,

소중한 친구와의 이별을 겪고 갑자기 고독해진 사람도 있을 테지요. 그러나 고독할 때 나를 받쳐주는 것은 살아있는 사람뿐만이 아닙니다. 먼저 세상을 떠난 사람이나 반려동물, 때로는 자연과 마음으로 나누는 유대감이 고독을 위로해 줄 때도 있습니다.

제가 지금까지 만난 환자들 가운데에는 먼저 세상을 떠난 할아버지와 하늘나라에서 만날 테니 죽음이 전혀 무섭지 않다며 미소를 띠고 이야기하던 80대 여성 환자도 있었고, 가정을 꾸린 적은 없지만 기르던 강아지 덕분에 외롭지 않게 살 수 있었다는 환자도 있었습니다.

또, 건강할 때는 아침 일찍 집을 나서 척척 일을 해내고 밤늦게 귀가하는 나날을 반복하며 왕성하게 일하던 50대 남성 환자도 있었습니다. 그런데 건강검진에서 폐암이 발견된 후 생활이 급변했습니다. 의사로부터 이미 암이 곳곳에 전이되었고 "적극적인 치료가 어렵다.", "1년 이상 살기는 어렵다."는 말을 들었습니다.

당연히 처음에는 믿을 수 없었지만 환자는 고민하고 괴로워한 끝에 조금씩 자신이 병에 걸렸다는 사실과 남은 시간이 그다지 많지 않다는 사실을 받아들였습니다. 그러자 주변이 전혀 다르게 보이기 시작했다고 합니다.

예를 들어 병이 발견되기 전에 환자는 매일 아침 집에서 역까지 가는 길을 옆도 보지 않고 빠른 발걸음으로 걸었습니다. 그러나 곧 이 세상을 떠난다고 생각하면서 익숙한 길을 걸으니 지금까지 한 번도 마음에 담아두지 않은 것이 보였습니다.

그것은 길가에 핀 작은 꽃이었습니다.

아스팔트의 아주 작은 틈에서 용케도 온 힘을 다해 피어있는 꽃을 보고 생명이라는 것의 위대함을 느끼며 무척 아름답다는 생각이 들었다고 합니다.

그리고 꽃뿐만 아니라 파란 하늘, 빛나는 태양, 나무들의 푸르른 산뜻함, 뺨을 스치고 지나가는 기분 좋은 바람 등 모든 것이 사랑스럽게 느껴졌다고 합니다. 환자는 저에게 이렇게 말했습니다.

　　"저는 일을 좋아해서 바쁘게 살아왔으니 충실한 인생을 보냈다고 생각했습니다. 하지만 반면, 제가 이렇게도 아름다운 자연에 둘러싸여 자연의 은혜를 받으며 살고 있었다는 사실을 완전히 잊고 있었습니다. 병에 걸리지 않았다면 생명의 소중함도, 그것이 나에게 주는 생명력도 줄곧 알지 못했을 겁니다."

　　만약 극심한 괴로움을 떠안고 있거나 어쩔 도리가 없는 고독이 느껴질 때는 꼭 자연을 둘러 보세요.

　　산과 바다로 나가보기도 하고, 그럴 여유가 없다면 창밖에 보이는 하늘을 바라보거나 근처 공원의 나무들을 만져보는 것만으로도 좋습니다.

한두 번으로는 큰 변화가 없더라도, 예를 들어 일주일 동안 매일 자연을 마음에 두면서 생활하면 자연과의 유대감을 느끼고 인생을 보는 눈이 조금씩 바뀔 것입니다.

자연의 아름다움과 풍요로움을 느낌으로써 안고 있던 걱정이 작아 보일 수도 있고, 이 세상에 사는 기쁨과 가치를 느끼며 자신이 자연으로부터 생명력을 얻고 있다는 사실을 깨닫고 자신의 존재를 긍정적으로 여기게 될지도 모릅니다.

어떤 존재와 이어져 있다고, 보살핌을 받고 있다고 느낄 수 있는 것.

이것이야말로 마음의 버팀목이자 고독의 치유법입니다.

"고독은 뛰어난 정신을 지닌 자의 운명입니다."

1년 뒤 오늘을
마지막 날로
정해두었습니다

독일의 철학자 쇼펜하우어가 남긴 말입니다.
고독과 불안, 두려움은 타인이 어떻게 생각하는지와
관계있다고 말합니다. 이 고독이라는 문제는
매우 어려운 것으로, 간단하게 대답할 수 없습니다.
하지만 가령 혼자라고 해도 이 세상에 살아있는
기쁨과 가치를 느낄 수 있다고 믿습니다.

외롭고
쓸쓸한가요?

1년 뒤 오늘을
마지막 날로
정해두었습니다

Chapter 3

진짜 행복이 무엇인지 알 수 있을까

왜 일을 하는가?
어떤 목표가 있는가?
나의 미래를 생각할 때 중요한 질문입니다.

09

지금까지 해 온 일과
그 방식에 만족하나요?

저는 어릴 적, 의사만큼은 되고 싶지 않다고 생각했습니다. 사람에게 주삿바늘을 꽂는 일에 거부감이 있었고, 간호사 자격증을 갖고 있던 어머니께서 저를 의사로 만들어 싶어 하여, 이에 대한 반항심도 있었을지 모릅니다. 그런 저의 마음에 변화가 생긴 계기 중 하나는, 고등학생이 되고 "행복이란 무엇인가?"에 대해 진지하게 고민하기 시작한 것입니다.

다양한 책을 읽으며 나름대로 어떻게 해야 행복하게 살 수 있을지 이런저런 생각을 하다가, 돈을 벌거나 유명해져서 나 혼자 행복해지는 '일인칭 행복'에는 한계가 있을 것이라는, 내 존재가 누군가의 기쁨이 될 때 진정으로 행복해질 것이라는 결론에 이르렀습니다.

더욱이, 어떤 일을 해야 진정한 의미의 행복한 삶을 살 수 있을지 거듭 고민한 끝에 얻어낸 답은 인간의 생명과 관련된 일을 한다면 가장 큰 기쁨을 얻을 수 있겠다는 사실이었습니다. 그래서 저는 고등학교 2학년 가을, 주삿바늘에 대한 거부감도, 어머니에 대한 반항심도 버리고 의사가 되기 위한 공부를 필사적으로 시작했습니다.

그 후 40년 정도의 시간이 흘렀는데, 고등학생 때 얻은 "진정한 행복이란 무엇인가?"라는 질문에 대한 답은 틀리지 않았습니다. 저는 지금도 여전히 일인칭 행복에는 한계가 있다고 생각합니다.

지금까지 만난 환자들 중에도 일인칭 행복을 졸업함으로써 진정한 행복과 마음의 평안을 얻은 환자도 많습니다. 어느 50대 남성 환자를 예로 들자면, 그 환자는 고등학교를 졸업하고 곧바로 은행에 입사해 열심히 일했습니다. 은행의 이익을 최우선으로 삼고 상환이 어려워 보이는 사람에게는 대출하지 않는다는 등 제법 엄격한 업무 내용을 따라야 했지만, 항상 업무 성적이 우수해서 대학을 졸업한 동기보다도 빨리 지점장이 되었고 수입도 늘었다고 합니다.

그런데 50세를 넘긴 어느 날, 건강검진에서 폐암이 발견되었습니다. 치료를 시작했지만 병세가 심해 환자는 고민 끝에 호스피스 병동에서 생활하기로 마음먹었습니다. 생명의 불씨가 꺼져가는 가운데, 환자는 처음으로 지금까지의 인생을 천천히 돌아본 후 아무리 지위와 명예, 돈을 손에 넣는다고 해도 죽으면 아무 의미가 없다는 사실을 깨달았습니다.

건강했을 때 환자는 가족도 돌보지 않고 일에만 몰두하였고 일에 소질이 없는 사람은 회사에 필요 없는 존재라고 생각했다고 합니다. 하지만 인생에서 정말 중요한 것은 가족의 사랑과 친구와의 우정, 회사 동료와의 신뢰 등 눈에 보이지 않는 것이라는 사실과 지금까지 가족과 친구들의 지지를 받고 있었다는 사실을 깨닫고 나서는 주변 사람들에게 감사의 말을 자주 하게 되었습니다.

또, 자녀에게는 아무리 수입이 많아도 타인을 불행하게 만드는 일은 하지 말았으면 하는 바람을 남겼고, 은행 동료에게는 숨을 거두기 직전까지 타인에게도 사회에게도 신용 있는 은행을 만들기 바란다는 메시지를 여러 차례 보냈습니다. 호스피스 병동에서 지내고 나서 서서히 환자의 식사량은 줄고 체력도 쇠약해져 갔지만, 눈동자만은 점점 빛이 났습니다.

"저는 기쁩니다. 소중한 것을 알게 되었고 그것을 가족과 동료에게 전할 수 있었기 때문이에요. 지금 몸 상태는 이렇지만 저는 매우 기쁩니다."

환자가 남긴 이 말을, 지금도 잘 기억하고 있습니다.

이제까지 무작정 일만 하던 사람이 병이나 부상, 업무상 사고 등을 계기로 일을 계속해도 좋을지, 자신이 일하는 방식이 정말 옳은지를 고민하는 일이 많습니다. 혹은 하고 싶은 일이 아니지만 월급만 받으면 된다고 생각하던 사람이 앞으로 1년밖에 남지 않았다고 가정했을 때 이제까지 해 오던 일과 근로 방식에 의문을 품을 때도 있습니다.

건강할 때나 일이 잘 풀릴 때 우리는 아무래도 일인칭 행복, 눈에 보이는 행복, 알기 쉬운 행복에 사로잡히기 쉽습니다. 일에서 성공하고 많은 돈을 버는 것, 남들에게 칭송을 받는 것, 맛있는 음식을 먹고 좋은 집에 사는 것 등을 행복이라 생각하고 이들을 좇게 되지요.

하지만 거기에서 얻을 수 있는 행복에는 한계가 있습니다. 일인칭 행복은 많은 사람과 나눌 수 없는 일이고 돈, 지위, 명예처럼 무언가를 손에 넣으면 반드시 잃어버릴지도 모른다는 공포가 따라옵니다. 또 일인칭 행복은 다른 사람과 뺏고 뺏기는 경우가 많아 항상 남과 경쟁하거나 비교하는 바람에 우월감에 젖을 수도, 우울해질 수도 있어서 마음이 편할 때가 없습니다.

특히 거동이 불편해지거나 인생의 마지막 순간

이 다가왔을 때, 일인칭 행복은 아무런 의미도 갖지 못합니다. 돈도, 지위도, 명예도 몸이 자유롭지 못하다는 괴로움을 줄여주지도 못하고 이 세상을 떠나며 들고 갈 수도 없기 때문입니다.

하지만 일인칭 행복을 졸업하면 더욱 크게 안정된 행복을 느낄 수 있습니다. 남의 행복과 기쁨을 나의 행복이라고 느낄 수 있다면 행복한 사람, 기뻐하는 사람의 수만큼 점점 자신의 행복의 숫자도 커지기 때문이지요.

일인칭 행복처럼 손에서 놓쳐버릴까 봐 불안함에 사로잡힐 일도, 남과 뺏고 뺏기는 일도, 남과 비교해서 일희일비하는 일도 없습니다. 설령 자신이 힘든 상황이더라도 남을 행복하게 할 수 있다면, 또는 타인의 기쁨을 행복이라고 느낄 수 있다면 그것이 곧 마음의 버팀목이 될 것입니다.

지금 내가 잘하고 있는지, 이 일을 계속해도 되

는지 의문이 생길 때가 바로 기회입니다.

　　내가 하는 일과 일하는 방법이 누군가의 기쁨
으로 이어지는지 꼭 돌아보세요. 만약 누군가의 기
쁨으로 이어진다고 느낀다면 자신감을 가지고 다시
새로운 마음으로 업무에 임할 수 있을 것입니다. 현
재 일을 통해 일인칭 행복만 얻었다면 일하는 방법
과 업무 내용을 어떻게 바꿔야 누군가의 기쁨으로
이어질지 생각해 봅시다.

"타인의 행복을 바라면
마음이 든든해지고 희망이 생깁니다."

1년 뒤 오늘을
마지막 날로
정해두었습니다

지위와 명예와 돈처럼 눈에 보이는 것으로
얻게 되는 나만의 행복에는 한계가 있습니다.
누군가와 경쟁하고 타인과 자신을 비교하다 보면
마음에 평화가 찾아오지 않습니다.
하지만 타인의 행복을 바라게 된다면
마음이 편안해짐을 느낄 수 있습니다.

지금까지 해 온 일과
그 방식에 만족하나요?

1년 뒤 오늘을
마지막 날로
정해두었습니다

10

노력이 허무하다고 느끼나요?

만약 앞으로 시간이 1년만 남았다고 가정했을 때 지금까지 해 온 노력이 전부 헛수고가 되어버린다고 느끼는 사람이 있을지도 모릅니다. 우리는 흔히 노력하면 반드시 보상을 받는다는 말을 하거나 듣습니다.

"노력하면 반드시 보상받는다."

분명 멋진 말입니다. 타고난 재능이 전부가 아니라 열심히 노력하면 꿈과 희망을 이룰 가능성이 얼마든지 커진다고 마음먹었을 때, 우리는 의욕이 솟아나고 긍정적인 태도로 살아갈 수 있습니다.

그러나 이 말이 누군가에게 절망을 주기도 합니다. 이를테면 노력한 데 대한 보상의 가능성이 사라졌을 때를 들 수 있습니다. 취직하고 싶은 곳에 꼭 들어가려고 오랫동안 공부를 해 왔는데 만약 앞으로 시간이 1년밖에 남지 않았다면…….

이럴 때 우리는 의욕을 잃을 뿐만 아니라 언젠가 이 노력이 보상을 가져다줄 것이라는 믿음으로 지금까지 열심히 해 왔는데, 이제껏 공부에 쏟은 시간은 전부 헛수고였다며 극심한 후회에 사로잡힐지 도 모릅니다.

열심히 노력했음에도 불구하고 생각만큼 결과 가 나오지 않았을 때도 마찬가지입니다. 사람은 아 무런 노력을 하지 않았을 때보다 우울감을 느끼고 '이럴 줄 알았으면 더 노는 건데…….' 하고 허무함 에 빠집니다.

예전에 제가 만난 한 여성 환자는 결혼 후 얼마 동안 아이가 생기지 않아 오랜 시간 불임 치료를 받 아왔다고 합니다. 엄청난 노력을 거듭한 끝에 두 아 이를 얻게 되었지만, 아이들이 각각 초등학교와 유 치원에 올라가고 얼마 지나지 않아 자신이 담관암에 걸린 사실을 알게 되었습니다.

의사는 여러 가지 방법을 동원해서 손을 썼고 환자도 힘든 치료를 묵묵히 버텼지만 증상은 점점 나빠졌습니다. 결국, 치료를 지속할 수 없어 마지막을 맞이할 준비를 해야 할 상황이 되었을 때 환자의 마음은 분노와 절망으로 가득했습니다. 환자는 매일 이렇게 말했습니다.

"왜 제가 이런 일을 겪어야 하죠?"

"노력하면 반드시 보상을 받을 거라 믿고 지금까지 열심히 살았는데……."

"이럴 거면 불임 치료도 암 치료도 받지 말걸 그랬어요. 그럼 이렇게 힘들진 않았을 텐데."

저는 그저 묵묵히 귀를 기울일 뿐이었습니다. 그런데 환자의 마음에 드디어 조금씩 변화가 생기기 시작했습니다.

호스피스 의료는 인생에서 가장 추억할 만한 일이 무엇인지, 소중한 사람에게 전하고 싶은 말이 있는지 등 몇 가지 질문을 통해 환자가 스스로 인생을 돌아볼 수 있도록 돕습니다. 이 방법을 '존엄 치료

Dignity Therapy'라고 합니다.

질문에 대답하려면 다양한 기억을 끄집어내야 하는데, 막연하게 떠올려서는 정리되지 않는 생각도 다른 사람에게 말하거나 글로 쓰면 점차 윤곽이 또렷해집니다. 이 과정에서 자신이 살아온 의미를 깨닫거나 인생을 긍정적으로 보게 된 환자들도 여럿 있지요. 앞에서 언급한 여성 환자도 존엄 치료를 통해 아이들에게 어떤 말을 남기고 싶은지 생각한 일이 큰 계기가 되었습니다.

어느 날, 매우 평온한 미소를 띤 채 이렇게 말했습니다.

"병에 걸린 것을 알았을 때부터 줄곧 내가 무엇을 위해 태어났는지, 아이들과 가족을 돌보지 못하는 자신에게 살아있는 가치가 있는지 생각했습니다. 하지만 최근 내가 지금까지 열심히 살아왔기 때문에 아이들을 이 세상에 태어나게 할 수 있었다는 당

연한 사실을 깨달았지요. 힘든 치료를 견뎌온 이유
는 아이들과 조금이라도 오래 함께 있고 싶었기 때
문이에요. 제가 병을 극복하기 위해 할 수 있는 노력
을 다했다는 것, 그것이 아이들에 대한 사랑의 증표
임을 아이들에게 말해주고 싶어요."

　　세상은 불합리합니다. 노력이 반드시 보상으로
돌아온다고 할 수 없을뿐더러 노력하면 보상받는다
는 생각에 현실과 이상의 사이에서 괴로울 수 있습
니다.

　　하지만 설령 좋은 결과로 이어지지 않더라도 노
력을 했다는 사실은 남는 법입니다. 그리고 노력하
는 과정에서 사람은 반드시 무언가를 배웁니다. 배
운 것을 다른 사람에게 전해줄 수 있다면 그 배움이
누군가의 행복과 기쁨으로 이어질지도 모릅니다.

　　노력을 보상받지 못한다 해도 인생에 헛된 일은
아무것도 없습니다.

1년 뒤 오늘을
마지막 날로
정해두었습니다

"설령 보상받지 못하더라도
노력한 사실은 남아요."

노력은 반드시 보상받는다고 할 수 없습니다.

아무리 노력해도 생각만큼 결과가 나오지 않아

절망하거나 분노가 이는 일도 있겠지요.

그러나 좋은 결과로 이어지지 않더라도

노력을 한 사실은 남습니다.

노력한 사실, 노력하는 과정에서 얻은 배움은

결과보다 훨씬 중요합니다.

1년 뒤 오늘을
마지막 날로
정해두었습니다

노력이 허무하다고
느끼나요?

11

지금까지 인생에서
가장 자랑스러운 일은 무엇인가요?

앞으로 시간이 1년밖에 남지 않았다는 가정에 많은 사람이 자신이 해 온 일, 자신이 이 세상에 존재하는 의미 등을 생각하게 됩니다.

어쩌면 대단한 일을 한 적도 없고 자랑스러워할 만한 일도 없다거나, 지금까지 살면서 좋은 일이 하나도 없었다고 생각하는 사람이 있겠습니다만, 이런 결론을 내리기 전에 자신의 인생을 다시 한번 천천히 돌아봅시다.

저는 지금까지 많은 환자들의 곁을 지켜왔습니다. 그동안 여러 가지를 배웠는데, 처음에는 자신의 삶이 시시하다거나 가치가 없다고 말하던 환자가 시간이 지나자 화려한 인생은 아니었지만 실은 많은 사람으로부터 힘을 얻으며 살았다고 생각하게 됩니다. 나름대로 행복한 인생이었다고, 다른 사람에게 조금은 기쁨을 줄 수 있었다고 말합니다. 그리고 인생을 긍정적으로 보게 되면서 마음과 표정이 점차 평온해집니다.

존엄 치료에 대해서 앞서 말씀드렸는데, 환자에게 질문할 뿐만 아니라 대답의 내용을 환자가 소중한 사람에게 보내는 편지 형태로 정리합니다.

환자의 인생에 얼마나 가치와 의미가 있었는지를 환자 본인이 알길 바라는 마음과 동시에, 환자와 주변의 인연이 설령 환자가 세상을 떠나더라도 절대 사라지지 않기를 바라는 마음에서입니다.

이렇게 완성된 편지에는 환자의 인생과 마음이 가득 담겨 있습니다. 예를 들면 금속 가공 업체에 근무하던 어느 남성 환자는 아들에게 이런 메시지를 남겼습니다.

오로지 금속 외길을 걸어온 인생이라 이렇다 할 특별함은 없었지만 어떤 설비를 공장에 도입하는 프로젝트에 참가하여, 회사의 생산력 향상을 위한 기초 다지기에 공헌한 점이 자랑스럽다. 가족을 지키고 아이들을 아무 탈 없이 키울 수 있

1년 뒤 오늘을
마지막 날로
정해두었습니다

어 행복하다.

또 다른 남성 환자는 배우자에게 이런 메시지를 남겼습니다.

무언가 특별히 큰 성과를 내진 못했지만 유쾌한 삶이었다. 병에 걸린 것도 그렇고, 결코 순풍에 돛 단 듯한 인생은 아니었지만 눈앞의 과제를 극복해 가며 성취감을 맛보기도 하고, 순순히 풀리지 않는 일과 어떻게 타협점을 찾을지 고민하기도 하고, 재미있는 인생이었다.

더욱이 이 환자는 어릴 적부터 음악을 좋아했고 회사원 시절에는 밴드 활동도 했습니다. 병에 걸리고 나서 옛날 사진을 다시 보다가, 공연할 때 항상 중심에 서서 한껏 멋 부리는 자신의 모습을 발견했습니다. 스스로를 조금은 겁쟁이라고 생각했는데 실제로는 이렇게 즐겁게 살고 있었다는 사실을 새삼 깨달았다고 합니다.

누구의 인생이든 반드시 드라마가 있습니다.

자기 자신에게 일어난 일은 너무나 가깝게 느껴지기 때문에 우리는 무심코 시시하고 당연하게 생각하기 쉽습니다. 그러나 자세히 들여다보면 보잘것없는 인생이나 평범한 인생은 하나도 없습니다.

세상은 아무리 노력해도 눈에 띄는 업적을 세운 사람만을 주목합니다. 역사 교과서에 이름을 남기는 사람도 극히 일부뿐입니다. 하지만 그러한 사람들의 인생과 우리 개개인의 인생에 가치의 차이는 없으며 타인의 평가와 내가 보는 나의 인생, 삶에 대한 만족도는 전혀 관계없습니다.

만약 지금, 자신의 인생에 좋은 일이 없다거나 삶에 가치가 없다고 생각하는 사람은 자랑스럽게 여길 만한 일, 사소하지만 무언가를 달성했던 일 등을 가능한 한 많이 떠올려 보세요. 어릴 적에 글짓기를 칭찬받았다거나 요리를 전혀 할 줄 몰랐는데 시작해 보니 재미있고, 하다 보니 어느새 할 줄 아는 요리가 늘었다는 등, 어떤 일이라도 좋습니다.

자신이 해 온 일과 인생에 가치가 있다고 생각하는 것.

그것이야말로 내일부터의 인생을 밝히는 데 중요한 일입니다.

"죽음을 앞두면 삶의 위대함이 보입니다."

1년 뒤 오늘을
마지막 날로
정해두었습니다

마지막 순간이 다가오면 많은 사람은
자기 자신과 인생을 긍정적으로 생각합니다.
자신의 인생에 좋은 일이 없다거나
자신에게는 가치가 없다고 생각하던 사람도
지금까지 걸어온 삶을 돌아보며
자신의 존재 의미와
이 세상의 위대함을 알게 됩니다.

지금까지 인생에서
가장 자랑스러운 일은 무엇인가요?

1년 뒤 오늘을
마지막 날로
정해두었습니다

12

미래에 꿈이 있나요?

여러분 가운데 무언가 하고 싶은 일, 실현하고 싶은 일이 있는데도 나이가 많다거나 이제 와서 너무 늦었다고 생각하는 사람은 없나요? 혹은 앞으로 나이만 먹을 테고 앞으로의 인생에 특별히 좋은 일이 기다리고 있지도 않을 것이라며 포기하는 사람은 없나요? 그럼, 앞으로 1년 후 인생의 마지막 순간이 찾아온다면 어떨까요.

앞으로 1년밖에 남지 않았다면 후회가 남지 않도록 하고 싶은 일에 도전하겠다거나 마지막까지 열심히 살겠다고 생각하나요? 앞으로 1년 후 삶이 끝난다면 무엇을 해도 헛되다거나 그저 조용히 마지막을 기다리겠다고 생각하나요?

물론 가치관은 사람마다 다르지만 저는 인생에서 무엇을 시작하는 데 너무 늦은 때는 없다고 생각하며, 미래에 마음을 쓰는 일이 더 좋은 삶을 사는 데 없어서는 안 된다고 생각합니다. 평소에는 그다지 의식하지 않을지 모르지만 우리는 항상 미래를 상상하거나 미래의 꿈을 안고 삽니다.

'오늘 저녁에는 맛있는 음식을 먹어야지.'
'주말에는 가족이나 친한 친구와 놀러 가야지.'
'봄이 되면 꽃구경을 해야지.'
'앞으로 취미를 살린 일을 해야지.'

이러한 생각이 얼마나 마음의 버팀목이 되는지 모릅니다. 반대로 미래에 꿈과 희망이 없으면 현재를 제대로 살기가 어렵습니다. 아무리 맛있는 음식을 만들어도 아무도 먹지 않는다는 사실을 새삼 알게 된다면 과연 요리할 마음이 들까요.

아무리 열심히 일해도 급여가 오를 기미도 보이지 않거나 보람을 느낄 수 없다면 과연 일할 마음이 들까요. 혹은 남은 시간이 얼마 남지 않았음을 알았을 때도 많은 사람은 일시적으로 현재를 사는 의미를 잃어버리고 살아가는 힘이 꺾이고 맙니다.

제가 예전에 만난 50대 남성 환자는 정년퇴직 후에 아내와 함께 세계 일주 여행에 나설 것을 기대하며 열심히 일하고 매달 꼬박꼬박 저금했습니다. 그런데 정년까지 불과 얼마 남지 않았을 때 건강검진에서 폐암이 발견되었습니다.

암은 이미 몸 이곳저곳에 전이되었기 때문에 완치를 기대할 수 없는 상황이었습니다. 의사는 아무리 노력해도 1년 이상 연명하기는 어렵다고 말했고 환자는 정년 후의 여행만 기대하며 살았는데 지금까지의 인생이 허무하다는 생각만 하게 되었습니다.

그러나 절망적인 상황에도 사실 아직 미래를 기대할 자유는 남아있습니다.

예를 들면 이 환자는 일단 미래의 희망을 잃어버렸지만 조금씩 운명을 받아들이고, 사실은 여행이 아니라 아내와 시간을 공유하는 것이 중요했다며

1년 뒤 오늘을
마지막 날로
정해두었습니다

집에서 아내가 지켜보는 가운데 인생의 마지막 순간을 맞이할 수 있어서 행복하다고 말했습니다.

또 다른 환자는 법무사 일을 하고 있었습니다. 64세 때 위암으로 진단받은 후 일을 그만두고 치료에 전념했지만, 서서히 약도 잘 듣지 않아 주치의로부터 더 이상 치료는 어렵다는 말을 듣고 호스피스 병동에 입원했습니다.

처음에 환자는 종종 남은 시간은 정해져 있고 삶의 의미가 없다고 말했는데 상담을 시작한 후로 조금씩 마음의 변화가 나타났습니다. 지금 생각해보니 정말 좋은 가족을 만났다며 "병에 걸려서 비로소 인간이 얼마나 연약한지, 또 얼마나 다정한지를 알게 되었습니다." 하고 말했습니다.

그리고 괴로움을 통해 알게 된 가족의 소중함, 인간의 선함을 글로 남겨 젊은이들에게 전하고 싶다는 생각도 하게 되었습니다.

"제가 죽은 후에도 이 인생에서 배운 소중한 것을 젊은이들에게 전할 수 있다면 이보다 기쁜 일은 없을 겁니다."

환자는 눈을 반짝이며 말했습니다.

이 밖에도 세상을 떠난 후의 남은 이들을 생각한 사람이 많습니다. 살아있는 동안은 일이 바빠 좀처럼 함께할 수 없었지만 세상을 떠나면 항상 가까이에서 어린아이들의 성장을 지켜보겠다고 말하는 아버지도 있었고, 자신의 인생을 돌아보며 직접 만든 다리가 앞으로도 많은 사람에게 도움을 줄 수 있다고 생각하니 매우 행복하다고 말하는 교량 업체 사원도 있었습니다.

죽음이라는 마지막 괴로움조차 인간에게서 미래를 꿈꾸는 자유를 완전하게 뺏을 수는 없습니다.

지금 건강하게 살 수 있다면 더욱더 그렇습니다. 미래를 생각하는 것은 인간에게 주어진 뛰어난 능력이고 자유이며, 권리이고 살아가는 힘입니다.

설령 나이를 먹어가도, 젊었을 때보다 몸이 말을 듣지 않는다고 해도, 여러분이 하고 싶은 일과 이루고 싶은 일이 있다면 꼭 그 마음을 소중히 여기고 미래를 꿈꾸는 것을 포기하지 마시길 바랍니다.

"미래를 생각하는 자유는
모든 사람에게 주어진 것입니다."

1년 뒤 오늘을
마지막 날로
정해두었습니다

인간에게는 미래를 생각하는 능력이 있고
자유가 있으며 권리가 있습니다.
그러나 미래에 꿈과 희망이 없으면
인간은 현재를 제대로 살 수 없습니다.
반대로 건강할 때도, 병과 죽음이라는
큰 괴로움을 안고 있을 때도
미래를 꿈꾸는 마음이야말로
인간이 살아가는 데 힘이 됩니다.

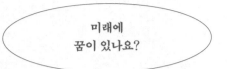

미래에
꿈이 있나요?

1년 뒤 오늘을
마지막 날로
정해두었습니다

Chapter 4

내가 원하는 대로 살 수 있을까

누구나 마지막을 맞이하고 이 세상을 떠납니다.
후회 없이 살기 위해 생각해 둡시다.

13

어떻게 하면 좋은 인생이었음을
알 수 있을까요?

인생에는 다양한 날이 찾아옵니다. 즐거운 날, 기쁜 날, 행복한 날. 그리고 슬픈 날, 힘든 날, 절망적인 날……. 그렇다면 힘든 시기에 여러분의 마음을 달래주는 것은 무엇인가요?

그 대답은 사람에 따라 또는 상황에 따라 다르겠지요. 업무로 힘든 사람에게는 주변 사람의 애정 어린 마음과 즐겨 하는 취미가 버팀목이 될 것입니다. 반대로 소중한 사람을 잃었을 때는 일이 치유가 되어 줄 수도 있지요. 그럼 삶의 목적과 자기 자신의 가치를 잃어버렸을 때는 어떨까요.

어쩌면 과거의 자신이 지금의 자신을 절망에서 구해줄지도 모릅니다.

예전에 만난 환자들 가운데 췌장암에 걸린 60대 남성이 있습니다. 췌장암은 치료가 어려운 병으로 알려져 있는데, 그 환자는 온 힘을 다해 병과 싸

웠습니다.

　힘들고 괴로운 날이 이어지는 가운데 환자에게 마음의 버팀목이 된 것은 예전에 건강했을 적의 모습과 추억이었습니다. 학생 시절 줄곧 야구를 했던 환자는 그렇게도 튼튼했던 자신이 병에 질 리가 없다며 희망을 버리지 않았습니다.

　물론 때로는 병에 걸린 모습, 나약해진 자신을 받아들이는 쪽이 마음 편할 때도 있습니다. 그러나 그 환자의 경우, 스스로 병에 질 리가 없다고 거듭 마음먹은 일이야말로 버팀목이 되었다고 생각합니다.

　이 외에도 과거의 추억이 힘이 된 사람, 과거를 떠올림으로써 삶의 의미와 자신의 가치를 깨달은 사람이 많습니다. 인생에 즐거운 일 따위 전혀 없다던 환자가 죽음을 앞두고 충분히 인생을 돌아본 후, 지금까지는 알지 못했는데 많은 사람에게 위로와 사랑을 받았다는 사실을 깨닫기도 합니다.

　사랑하는 가족을 두고 이 세상을 떠나야 한다

는 생각에 괴로워하던 사람이 점차, 이렇게도 즐거운 추억이 많이 생겼으니 이제 세상에 미련을 두지 않고 평온한 마음으로 떠날 수 있겠다며 생각을 바꾼 적도 있습니다.

또 끊임없이 자신의 인생은 실패의 연속이었다거나 실수가 많은 인생이었다고 후회하던 사람이, 그래도 매 순간을 항상 열심히 살았다고 생각하게 되면서 미소를 되찾은 적도 있습니다.

설령 평소에는 잊고 있을지라도, 마음속 앨범을 들춰보면 누구나 반드시 반짝반짝 빛나는 순간의 사진을 발견할 수 있을 것입니다.

부모님과 할머니, 할아버지, 친구, 연인, 아이에게 사랑받는다고 느낀 순간. 일과 공부, 취미 등에서 소소한 기쁨을 느낀 순간. 자연의 아름다움을 발견하거나 멋진 책을 읽고 감동한 순간.

무엇이든 좋습니다.

그 추억들은 분명 힘들 때 마음의 버팀목이 되어, 여러분의 마음속에 좋은 삶이었다는 만족감을 불러올 것입니다.

1년 뒤 오늘을
마지막 날로
정해두었습니다

"어떤 실수라도 괜찮다고
 용서할 수 있는 날이 옵니다."

삶의 목적과 자기 자신의 가치를
잃어버렸을 때는 반짝반짝 빛났던 때의 모습이
버팀목이 되어 주기도 합니다.
평소에는 잊고 살아도 과거 자신의 모습을 충분히
떠올리다 보면 인생의 의미와 가치를 깨닫는
힌트를 발견하게 됩니다.

1년 뒤 오늘을
마지막 날로
정해두었습니다

어떻게 하면 좋은 인생이었음을
알 수 있을까요?

14

힘든 고민이나 괴로운 일이 있나요?

살아있는 한 우리는 다양한 괴로움에 휩싸입니다. 원하는 것을 얻지 못하는 괴로움. 소중한 사람이나 물건을 잃어버린 괴로움과 질병의 고통. 아무리 행복한 듯 보여도 누구나 반드시 어떤 괴로움을 안고 삽니다.

아마도 많은 사람들이 힘든 일 하나 없는 인생을 걷고 싶다거나 인생에서 괴로움을 없애고 싶어 할 것입니다. 그렇다면 괴로움을 떨쳐 내려면 어떻게 해야 할까요.

모든 괴로움은 '이랬으면 좋겠다.'라는 희망과 현실과의 차이에서 생겨납니다.

그래서 노력 등으로 희망을 실현하거나 현실에 맞춰 희망의 기준을 바꿈으로써 해소할 수 있는 괴로움도 있습니다.

나이가 들어가면서 신체 능력이 떨어진다고 고

민한다면, 식사와 운동으로 신체 기능을 되도록 유지하려고 노력하거나 몸에 무리가 가지 않도록 생활 방식을 바꿉니다. 도전하려는 시험이 어렵다고 느껴진다면 합격할 수 있도록 공부를 더 열심히 하거나 치고 싶은 시험의 수준을 낮춥니다.

원하는 물건이 비싸서 사지 못해 아쉽다면 어떻게든 돈을 모으거나 수중에 있는 돈으로 살 수 있는 물건에 만족합니다. 이렇게 희망과 현실의 차이를 메우면 어느 정도 괴로움을 없앨 수 있습니다.

하지만 사람의 힘으로는 아무리 해도 해소되지 않는 괴로움도 있습니다. 예를 들면 소중한 사람을 먼저 보낸 괴로움은 어떤 방법을 써도 해소할 수 없습니다. 세상을 떠난 이를 돌아오게 할 방법은 없기 때문입니다. 또 치료할 방법이 없는 병에 걸려 일도 못 할 뿐만 아니라 장을 보거나 화장실에 가는 등, 지금까지 당연하게 여겼던 일조차 할 수 없을 때의 고통은 필설로 다 할 수 없는 법이지요.

병으로 몸도 아픈데 거기다 스스로 아무것도 할 수 없는 상황, 미래가 보이지 않는 현실에 대한 짜증과 불안 때문에 이런 인생 따위 빨리 끝내고 싶다는 경우도 있을지 모릅니다. 그런 사람에게 목숨을 소중히 여기라거나, 당신보다 힘든 사람이 많으니 그에 비하면 행복한 것이라는 말을 절대 할 수 없거니와 그 말이 괴로움을 전혀 줄여주지도 않습니다.

이러한 괴로움을 극복할 수 있는 확실한 방법은 안타깝게도 없습니다. 다만 한 가지 말씀드릴 것이 있습니다.

바로 사람은 고통에서 반드시 무언가를 배운다는 사실입니다.

"인생이란 아름다운 자수를 뒤에서 보는 것과 같다." 이 말은 프랑스의 고생물학자이며 가톨릭 사제이기도 한 테야르 드 샤르댕이 한 말입니다. 자수를 뒤에서 볼 때는 한 땀 한 땀이 무엇을 의미하는지 전혀 알 수 없습니다. 그것을 앞에서 보아야 비로소 그 의미와 아름다움을 알게 됩니다.

고통의 한가운데에 있을 때 많은 사람은 왜 내가 이런 힘든 일을 겪어야 하는지 모르겠다고 생각합니다. 그러나 얼마 정도의 시간이 흐르고 나서 돌아보면 고통 속에서 배운 것과 얻은 것이 분명 있습니다.

그리고 수많은 고통이 있기에 여러분의 인생이라는 세계에 하나뿐인 직물을 만들어낼 수 있는 것입니다.

제가 만난 환자와 가족들은 처음에는 본인이나 가족이 큰 병에 걸린 사실, 남은 시간이 그리 길지 않다는 사실에 매우 힘들어했습니다. 그러나 많은 사람들이 고통 속에서 주변 사람들의 소중함과 선함, 감사함, 일상의 위대함, 자연의 아름다움, 지금껏 살아온 의미와 존재의 가치 등 고통에 직면하기 전에는 몰랐던 것, 당연해서 놓쳤던 것을 깨달았습니다.

그리고 그렇게 깨닫고 나서야 비로소 병이라는 괴로움을 안게 된 의미를 이해하는 것입니다. 괴로움은 가능하다면 피하고 싶은 법입니다. 하지만 괴로움은 인간에게 필요한 것이기도 합니다.

고통과 제대로 마주함으로써 인간은 진정한 강인함과 참된 행복을 손에 넣을 수 있습니다.

"인간은 고민하고 괴로워하는 만큼 성숙해져요."

1년 뒤 오늘을
마지막 날로
정해두었습니다

우리가 안고 있는 고민과 괴로움 중에는
어떤 노력으로도 사라지지 않는 것이 있습니다.
하지만 어떤 괴로움에서도 우리는 분명 무언가를
배웁니다. 고통에 직면하고 고민하고서야 비로소
인생에서 무엇이 소중한지를 깨닫게 됩니다.
이렇게 깨달음을 얻었을 때
우리는 진정한 강인함과 행복을 손에 넣습니다.

힘든 고민이나
괴로운 일이 있나요?

1년 뒤 오늘을
마지막 날로
정해두었습니다

15

자신을 너무 몰아붙이고 있지 않나요?

우리는 매일 수많은 '해야 하는 일'에 쫓깁니다.

"일을 해야 한다."
"청소해야 한다."
"친구 모임에 참석해야 한다."

셀 수 없을 정도로 끝이 없습니다. 원래는 하고 싶었던 일이더라도 예정에 넣고 시간이 지나면 언젠가 해야 하는 일이 되어버릴 때가 있습니다.

그리고 해야 하는 일이 쌓여가면 그 일은 때로 우리를 괴롭게 만듭니다. 해야 하는 일이 전혀 정리되지 않아 시간 관리가 엉망이라고 자책하기도 하고, 해야 하는 일에 쫓겨 인생을 즐길 여유가 사라지기도 하고……. 이런 사람이 의외로 많지 않을까요.

예전에 제가 만난 50대 여성 환자도 해야 한다는 강한 집념에 사로잡혔습니다. 건강할 때의 환자는 인재파견 회사에 근무하며 큰 프로젝트도 여럿 맡았고 혼자서 치매에 걸린 어머니를 간호했습니다.

그런데 암 진단을 받고 나서 조금씩 거동이 불편해졌습니다. 환자는 지금까지 어머니를 위해 살아왔다며 병에 걸려 가장 원통한 일은 어머니의 간호를 할 수 없다는 것이라는 말을 입버릇처럼 말했고, 어머니를 간호해야 한다거나 스스로를 한심하다고 되뇌며 내내 힘들어했습니다.

그런 환자에게 어느 날 제가 물었습니다.

"앞으로 어떻게 해야 어머니가 편안한 마음으로 생활할 수 있을까요?"

환자는 이 질문에 며칠 동안 고민하더니 이런 대답에 이르렀습니다. 바로 어머니의 간호를 전문가의 손에 맡기는 것. 오랫동안 떠안고 있던 어머니를 스스로 간호해야 한다는 생각을 놓은 것입니다.

한편 환자에게는 마지막까지 손에서 놓을 수

없던 해야 하는 일이 있었습니다. 바로 어머니와 함께 사진을 찍는 것. 환자에게서 꼭 어머니와 사진을 남기고 싶다는 이야기를 들은 것은 병증이 제법 진행되어 앞으로 며칠이 남았을지 알 수 없을 때였는데, 그 바람을 이루어드리기 위해 동분서주한 결과 무사히 촬영을 마쳤습니다.

그로부터 5일 후, 환자는 숨을 거두었습니다. 아주 중요한 해야 하는 일을 이루었다는 기쁨 때문이었을까요. 사진 속 환자는 매우 평온하고 아름다운 미소를 띠고 있었습니다.

여러분 중에 해야 하는 일에 쫓긴 나머지 인생을 즐기지 못하는 사람, 해야 한다는 마음 때문에 스스로 힘들다고 느끼는 사람이 있나요? 해야 하는 일 하나하나를 앞으로 1년 후 인생이 끝난다고 했을 때, 이 일을 꼭 할 필요가 있는지 곱씹어 보는 것도 좋습니다.

인생이 앞으로 1년밖에 남지 않았다고 생각하면 불필요한 일이 사라지고 현재 자신에게 진정으로 중요한 것만이 보입니다. 그렇게 하면 수많은 해야 하는 일 목록에 우선순위가 매겨지고 우선도가 낮은 일은 손에서 놓거나 다른 사람에게 맡길 수 있게 되어 마음에도, 시간에도 여유가 생깁니다.

"인생을 즐기기 위해서
여러분은 무엇을 바라고 있나요?"

1년 뒤 오늘을
마지막 날로
정해두었습니다

매일매일 너무나도 바쁘게 해야 하는 일이
쌓여있는 사람은 그중에 하지 않아도 되는 것이
섞여 있지 않은지 한번 잠시 멈춰 서서 생각해 봅시다.
그렇게 하면 여러분에게 진정으로 필요한 일,
여러분이 진정으로 하고 싶은 일이 보일 것입니다.

자신을 너무 몰아붙이고
있지 않나요?

1년 뒤 오늘을
마지막 날로
정해두었습니다

16

삶이 생각대로 되지
않는다고 생각하나요?

인생은 좀처럼 생각대로 흘러가지 않는 법입니다.

육아가 일단락되고 일을 해야겠다고 생각한 순간, 이번에는 부모님을 돌보아야 합니다. 하고 싶은 일, 살고 싶은 곳에 딱 맞는 조건을 도무지 찾지 못하기도 합니다.

'내 인생은 무엇 하나 뜻대로 되는 것이 없어.'
'나에게는 선택할 권리도, 선택할 여지도 없는걸.'

여러분 중에도 이렇게 생각하는 사람이 있을지 모릅니다. 하지만 정말 그럴까요?

사실 우리는 평소에 항상 선택을 반복하며 살아갑니다. 아침에 알람시계가 울렸을 때 일어날지 말지를 결정하는 것도 본인입니다. 어떤 경로로 회사에 갈지 정하는 것도, 어떤 일부터 시작할지를 정하는 것도 나 자신입니다. 외식할 때는 수많은 메뉴 중에서 무엇이 먹고 싶은지 고르기도 합니다.

직업과 삶의 방식을 정할 때도 반드시 어떤 지점에서 선택을 합니다. 구직 활동을 거듭했지만 영합격 소식이 들려오지 않아 유일하게 붙은 회사에 들어갈 수밖에 없었다는 사람도 세상의 모든 회사에 지원한 것은 아닙니다.

지원할 회사를 결정하는 시점에서 어느 정도는 흥미가 있는지, 합격할 수 있을지와 같은 선택을 할 것입니다. 그리고 선택을 할 때 자신에게 좋지 않은 쪽을 고르는 사람은 없습니다. 반드시 그 시점에서 더 좋다고 생각하는 쪽을 선택합니다.

즉, 지금 우리의 인생은 과거의 무수한 선택이 쌓여 만들어진 가장 좋은 결과라 할 수 있습니다.

그러나 건강할 때면 우리는 좀처럼 그 사실을 깨닫지 못합니다. 언제나 자신에게 선택의 자유가 있었음을 깨닫는 순간은 대체로 병에 걸렸을 때거나 인생의 마지막이 다가올 때입니다. 몸이 아파 거동이 불편해지면 선택의 폭은 크게 좁아집니다. 건강할 때 우리는 자신의 발로 어디든지 갈 수 있고 돈이 허락하는 범위에서 먹고 싶은 음식을 먹을 수도 있습니다.

그러나 신체의 자유가 사라지면 길 맞은편에 있는 편의점에 가는 일도, 집 안에 있는 화장실에 스스로 가는 일도 어려워집니다. 먹는 음식도 제한되고 때에 따라서는 입으로 음식을 먹는 것이 아니라 위에 구멍을 뚫고 튜브를 넣어 체내에 주입해야 합니다. 저는 종종 환자들에게 이런 말을 듣습니다.

"한 번만 더 걸어서 근처 슈퍼에 가고 싶어요."
"한 번만 더 초밥을 마음껏 먹고 싶어요."

그리고 모두가 지금까지 자유롭게 좋아하는 것을 선택하며 살아왔다고 말합니다.

그래도 살아있는 한, 선택의 자유는 주어집니다.

예를 들면, 스스로 화장실에 갈 수 없게 된 환자는 기저귀를 사용하거나 이동식 좌변기를 사용할 수도 있고, 유치 도뇨관을 삽입할지 선택할 수도 있습니다. 몸을 움직이지 못하는 사람은 누구에게 간호를 부탁할지 선택할 수도 있지요.

우리는 이 세상을 떠나는 마지막 순간까지 항상 더 좋은 선택을 반복합니다. 내가 원하는 대로 살지 못했다고 생각하는 사람은 꼭 일상 속에서 아무렇지 않게 반복하고 있는 선택의 과정을 바라보세요.

자신이 평소에 얼마나 많은 것을 자유롭고 당연하게 선택하는지를 깨달을 수 있다면, 분명 인생을 긍정적으로 바라보게 되고 내일부터 더 의식적으로 하나하나 선택할 수 있게 됩니다.

"선택할 수 있는 기쁨은 무엇과도 바꿀 수 없어요."

우리는 항상 자신에게 더 좋다고 생각하는 것을
선택하며 살고 있습니다. 그 당연함 속에 있는 기쁨은
건강할 때면 좀처럼 느끼지 못할 수도 있습니다.
하지만 인생의 마지막 순간이 되면 여행을 다닌 일이나
누군가와의 식사 같은 작은 선택이
큰 기쁨이었다는 것을 느끼게 됩니다.
지금 스스로 무언가를 선택할 수 있다는 것,
그 소중함을 다시 한번 전하고 싶습니다.

1년 뒤 오늘을
마지막 날로
정해두었습니다

삶이 생각대로 되지
않는다고 생각하나요?

17

내 마음의 목소리가 들리나요?

지금까지 많은 이야기를 했는데 마지막으로 제가 살아가면서 가장 중요하게 생각하는 바를 전해드리고자 합니다. 바로 "언제나 마음의 목소리에 성실하고 정직하게 사는 것", "자신의 존엄을 지키는 것"입니다.

자신의 마음에 성실하고 정직하게 산다면 우리는 자연스레 가야 할 길로 나아가 진정으로 나다울 수 있는 곳에 도달할 거라 믿습니다. 그리고 진정으로 나다워지는 것이야말로 나의 존엄을 지키는 일로 이어집니다.

"마음이 하나도 전해지지 않고, 희망조차 전혀 이루어지지 않는다."
"선택의 자유를 무엇 하나 인정받지 못한다."
"자신의 행동이 철저하게 억압되고 관리된다."

존엄을 빼앗긴다는 것은 이러한 상태를 말하며 나답게 살고 있다고 절대 말할 수 없습니다. 존엄을 빼앗기는 것은 존재를 부정당하는 일입니다. 존엄을 빼앗긴 채 1년이고 2년이고 살다 보면 사람은 분명히 마음에 병이 생기고 맙니다.

그러한 상태에 빠지지 않기 위해서는 우선 내면의 소리를 듣고 따라야 합니다. 항상 마음의 목소리에 따라 행동한다면 설령 실패한다 해도 후회가 적고 인생 마지막 순간에 좋은 삶이었다고 생각하겠지요.

그러나 애초에 내 마음을 모르겠다고 생각하는 사람도 있을 것입니다. 사람의 마음이란 복잡한 것이지요. 사랑과 증오, 기쁨과 슬픔 등 상반되는 감정이 엉키고 뒤얽히기도 하고, 별로 중요하지 않은 일은 척척 말하면서도 정말 중요한 일만큼은 마음 깊숙한 곳에 숨기기도 합니다.

누군가의 본심을 알기란 쉽지 않으며 자기 자신조차 내 마음을 좀처럼 알지 못하기도 하지요. 더욱이 인생의 마지막 순간을 지켜보는 저와 같은 의료인에게 환자의 이야기를 묵묵히 듣는 일은 매우 중요합니다. 시간을 들여 천천히 이야기를 듣고 나서야 비로소 환자의 본심과 환자가 진정으로 원하는 바를 알게 되기 때문입니다.

예를 들면 환자가 병원 직원에게 "어젯밤에 잠을 별로 못 잤어요."라는 말을 했다고 합시다. 그 말을 듣고 "낮잠을 자서 그래요.", "조금 잠을 못 자도 괜찮습니다.", "수면유도제를 처방할까요?"와 같은 대답은 바람직하지 않습니다. 나의 의견을 일방적으로 밀어붙이거나 함부로 이야기를 앞서 나가서는 환자의 본심을 알 기회를 놓치고 맙니다.

이럴 때 저는 반복과 침묵, 그리고 질문을 중요하게 생각합니다. 반복이란 환자의 이야기 속에서

열쇠가 되는 말을 찾아 그 말을 다시 한번 이야기하는 것, 침묵이란 환자가 말을 할 때까지 먼저 이야기하지 않고 묵묵히 기다리는 것입니다.

"어젯밤에 잠을 별로 못 잤어요."라고 말한다면 "어젯밤 별로 못 주무셨군요."라고 대답하고, "잠을 조금 자기는 하는데 금방 깨요."라고 한다면 "금방 깨시는군요."라고 대답하는 것이지요. 반복과 침묵을 거듭하면서 환자 스스로가 고통을 알아주는 사람이 있다며 안심하고 만족했을 때, 환자와 저 사이에 신뢰 관계가 생깁니다.

이 관계가 생겨야 비로소 환자는 "이대로 제가 죽어버리는 것은 아닌지 불안해서 잠을 못 자겠어요.", "집에 있는 아이들이 걱정돼요."와 같이 진정한 속마음을 꺼냅니다. 또 이러한 대화 속에서 환자 본인도 알아채지 못했던 진정한 마음과 소망이 무심코 환자의 입을 통해 나올 때가 있습니다.

언제나 강경한 태도로 빨리 죽고 싶다고 말하던 환자가 남보다 갑절이나 이 세상을 떠나는 데에 불안과 공포를 느끼던 일도 있었고, 가족에게 엄격하던 환자가 마음속으로는 가족에게 미안한 마음을 안고 있던 일도 있었지요.

스스로 무엇을 원하는지 모르겠다면 한번 자신의 인생을 되돌아보는 것은 어떨까요.

지금까지의 인생에서 즐거웠던 일, 자신이 가장 반짝반짝하던 때의 일을 떠올리는 것만으로도 소중한 것과 지난 과거에서 중요하게 여긴 일들이 마음속에 떠오를지도 모릅니다. 그렇게 하면 당장은 마음이 움직이지 않고 무엇을 원하는지 몰라도, 끝내 내면의 목소리를 들을 수 있을 것입니다.

"내면의 목소리에 귀를 기울여요."

1년 뒤 오늘을
마지막 날로
정해두었습니다

자신의 진정한 마음은 타인은 물론 자기 자신도
좀처럼 알기 어렵습니다. 내 마음을 모르겠다면
지금까지의 인생을 돌아보는 것은 어떨까요.
무엇을 좋아했는지, 무엇을 소중하게 여겼는지.
그 기억 안에 진정한
자신의 목소리가 숨어있을 것입니다.
소리 없는 자신의 목소리에 귀를 기울이는 것.
이따금 그런 시간을 만들어 보면 어떨까요.

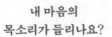

내 마음의
목소리가 들리나요?

1년 뒤 오늘을
마지막 날로
정해두었습니다

《살아라, 오늘이 마지막 날인 것처럼》 시리즈의 간행 후, 독자들에게 많은 편지를 받았습니다.

10대부터 90대까지 폭넓은 세대에서 감상을 보내주셨고 행복과 감사함을 곱씹으며 한 통 한 통 읽었는데 거기에는 다양한 마음이 적혀있었습니다.

소중한 사람을 먼저 보내고 기력을 잃었는데 세상을 떠난 사람과도 마음은 분명히 이어져 있다는 사실을 깨닫고 긍정적으로 살고자 하는 마음이 들었다는 독자.

본인이 병에 걸려 죽음이 다가오는 것이 무척

1년 뒤 오늘을
마지막 날로
정해두었습니다

무서웠는데 어쨌든 마지막 날까지 후회 없이 긍정적으로 시간을 쌓아가자고 생각하게 되었다는 독자.

자신의 가치를 모르겠다거나 왜 살고 있는지 고민했는데 그저 사는 것만으로 충분히 행복하고 감사한 일이라는 것을 깨달았다는 독자.

모두 큰 고민 속에서도 삶의 고통과 열심히 마주하며 힘을 내고 있었습니다.

독자들의 목소리를 읽으며 저의 마음에는 지금까지의 경험을 더 구체적으로 모두에게 도움이 되도록 전달할 방법이 없을까 하는 생각이 싹텄습니다.

인생의 마지막 단계를 담당하는 의료에 종사하면서 지금까지 많은 사람과 만났고 많은 환자의 마지막을 지켜보았습니다.

병에 걸려 거동이 불편해지거나 인생의 마지막 순간이 다가오는 일은 두말할 것 없이 큰 괴로움입니다.

그러나 많은 사람이 고민, 괴로움, 초조함 속에

서 조금씩 자신의 인생을 돌아보고 그곳에서 의미와 가치를 발견하게 됩니다.

그런 과정을 거쳐 자신의 인생을 긍정적으로 생각할 수 있게 되었을 때, 우리는 드디어 진정한 강인함과 마음의 평온함을 손에 넣을 수 있습니다.

그리고 이것은 죽음을 직면한 환자에게 한정된 이야기가 아닙니다. 현재 어떤 고민과 괴로움을 안고 있는 사람도 인생의 의미를 모색하고 나름의 대답을 이끌어 낸다면 분명 당당하게 살아갈 힘을 얻을 것입니다.

2020년 코로나 사태에서 의료 붕괴가 문제가 되었는데, 같은 일이 수년 후에는 당연하게 일어날지도 모릅니다.

본문에서도 언급했듯이 최근 생애 미혼율도 상승하고 있습니다. 국가나 가족과 배우자에게도 의존할 수 없고, 경제적·신체적으로 해결할 수 없는 다양한 괴로움을 안은 사람은 앞으로 점점 늘어갈 것으로 예상합니다.

그러한 가운데 우리에게는 괴로움이나 어려움과 마주하는 힘, 힘든 사람을 웃게 만드는 기술을 갈고닦는 것, 동료끼리 혹은 지역 차원에서 서로 버팀목이 되어 주는 것이 필요합니다. 개개인은 약하지만 서로 지지하고 도울 수 있다면 연금에 의존하지 않아도 살아갈 수 있습니다.

그리고 괴로움이나 어려움과 마주하는 힘을 가진 사람, 힘든 사람을 웃게 만드는 힘을 가진 사람이 그룹 내에, 지역에, 국가에, 세계에 늘어간다면 사회는 조금씩 변할 것입니다.

제가 2015년에 뜻을 갖고 '엔드 오브 라이프 케어 협회'를 설립한 이유가 바로 힘든 사람을 웃게 만들 수 있는 기술을 되도록 많은 사람에게 전하고 싶다고 생각했기 때문입니다.

이야기가 조금 커졌는데, "앞으로 1년 후 인생이 끝난다면?" 하고 가정해 보는 일은 자신에게 진정으로 소중한 것을 깨달음으로써 괴로움이나 어려움과 마주하는 힘, 서로 지지하고 도와주는 힘, 힘든 사람을 웃게 만드는 기술을 키우는 일과도 일맥상통합니다.

　이 책이 여러분의 그리고 국가의, 세계의 미래를 비추는 작은 빛이 되기를 진심으로 바랍니다.

오자와 다케토시

1년 뒤 오늘을
마지막 날로
정해두었습니다

1년 뒤 오늘을 마지막 날로 정해두었습니다

어떻게 살아야 할지 막막할 때

초판 1쇄 발행 2022년 02월 22일
초판 5쇄 발행 2024년 09월 10일

지은이 오자와 다케토시 **옮긴이** 김향아
펴낸이 김상현

총괄 유재선 **기획편집** 전수현 김승민 주혜란 **디자인** 이현진
마케팅 김예은 송유경 김은주 남소현 성정은
경영지원 이관행 김범희 김준하 안지선

펴낸곳 (주)필름
등록번호 제2019-000086호 **등록일자** 2016년 6월 13일
주소 서울시 영등포구 영등포로 150, 생각공장 당산 A1409
전화 070-4141-8210 **팩스** 070-7614-8226
이메일 book@feelmgroup.com

필름출판사 '우리의 이야기는 영화다'

우리는 작가의 문체와 색을 온전하게 담아낼 수 있는 방법을 고민하며 책을 펴내고 있습니다.
스쳐가는 일상을 기록하는 당신의 시선 그리고 시선 속 삶의 풍경을 책에 상영하고 싶습니다.

홈페이지 feelmgroup.com **인스타그램** instagram.com/feelmbook

ISBN 979-11-88469-95-6 (03830)